日雇い浪人生活録㊁

金の穽《おとしあな》

上田秀人

時代小説文庫

角川春樹事務所

本書は、ハルキ文庫のための書き下ろし作品です。

目次

江戸のお金の豆知識⑫

500石旗本の年間収支

武士は体裁を重んじた。とくに旗本は、将軍お目見えの身分である立場上、使用人を雇うための人件費のほか、冠婚葬祭の付き合い等で不相応な見栄を張る必要もあった。このため、旗本のなかでも比率の高かった知行高500石以下の家は、決して楽な暮らしではなかった。本資料では、旗本としての体面を保持して生活する、石高500石の旗本の年間収支をイメージし、表にした。

設定

時代：寛延・宝暦(1748～1764)のころ
家内の構成：家族6人、用人1人、若党1人、中間3名、女中2名
役職：無役
年収：160両(五公五民でも、実際の収入は知行高の4割に満たなかったとして計算)
*役に就いている場合は加増を受けられたため、当主は役職を得るために動き、盆暮れの付け届けにも熱心であった。

年間の支出(概算)	
使用人への扶持給金(臨時の雇入も含む)	33両
勤め入用(経費持ち出し分)	12両
食費	32両
衣料費、髪結い代等	15両
光熱費(薪炭、蝋燭、行灯油等)	4両
慶弔費、付け届け等	28両
飲み代等	6両
その他雑費	12両
年中臨時入用(家の修繕等含む)	12両
貯蓄	6両前後

※災害や病気など不測の事態があれば、貯蓄ができなくなる収支

※この表は、江戸時代中～後期にかけての資料をもとに作成したものです。
同じ資料から事例を拾うのは困難であるため、複数の資料を参考にしました。

主な登場人物

諫山《いさやま》左馬介《さまのすけ》……日雇い仕事で生計を立てていたが、分銅屋仁左衛門に仕事ぶりを買われ、月極で用心棒に雇われた浪人。甲州流軍扇術を用いる。

分銅屋《ふんどうや》仁左衛門《にざえもん》……浅草に店を開く江戸屈指の両替商。夜逃げした隣家（金貸し）に残された帳面を手に入れたのを機に、田沼意次の改革に力を貸すこととなった。

喜代《きよ》……分銅屋仁左衛門の身の回りの世話をする女中。少々年増だが、美人。

徳川《とくがわ》家重《いえしげ》……徳川幕府第九代将軍。英邁ながら、言葉を発する能力に障害があり、側用人・大岡出雲守忠光を通訳がわりとする。

田沼《たぬま》主殿頭《とのものかみ》意次《おきつぐ》……亡き大御所・吉宗より、「幕政のすべてを米から金に移行せよ」と経済大改革を遺命された。実現のための権力を約束され、お側御用取次に。

村垣《むらがき》伊勢《いせ》（芸者加壽美《かずみ》）……田沼の行う改革を手助けするよう吉宗の命を受けたお庭番の一人。柳橋芸者に身をやつし、左馬介の長屋の隣に住む。

堀田《ほった》相模守《さがみのかみ》正亮《まさすけ》……老中首座。他の四人の老中・西尾隠岐守忠尚、本多伯耆守正珍、酒井左衛門尉忠寄、松平右近将監武元と共に、お側御用取次と対立。

井深《いぶか》深右衛門《しんえもん》……左馬介の父親がかつて召し放ちとされた、会津藩松平家の江戸家老。用人・山下を使い、藩の借金を分銅屋に頼もうと画策する。

布屋《ぬのや》の親分……南町奉行所から十手を預かる御用聞き。

表デザイン　五十嵐　徹
（芦澤泰偉事務所）

日雇い浪人生活録 十二

金の穽《おとしあな》

第一章　浪人の種類

一

湯屋《ゆや》が混むのは、朝と夕方である。とくに男湯は混雑する。

もともと江戸は男が多い。家を継げない百姓や商家の次男、三男、藩から放逐《ほうちく》された浪人などが、一旗揚げようと天下の城下町である江戸へ集まって来るからである。

もちろん、食べていけない家の女も奉公先を求めて郷《さと》を出るが、旅路の危なさから手近な宿場か城下で落ち着くのがほとんどで、江戸まで足を延ばす者は少ない。

男と女の差は数倍をこえていた。

つまり江戸は女日照りであった。江戸で嫁をもらえる者は、ちょっとした商家の番頭、一人前の仕事ができる職人、そして毎日嫌がらずに日雇いの仕事へ出かける真面目《まじめ》な者くらいである。

その他の者は、まず女と出会うことがない。あるとすれば、料理屋の仲居、遊女くらいであり、そういった女は他の男も狙っている。

汚れが付いている、汗臭いなどでは、相手さえしてもらえないのだ。

しかし、火事を恐れた幕府が、庶民の家に風呂《ふろ》を造ることを禁じたため、湯屋へ行くしかないのだ。

もちろん、大店《おおだな》や大百姓の家に風呂はある。

「病の者がおりまして、その療養のために」

こう言いわけすれば、通った。

もっとも、そういった金満な家が、出入りの町奉行所役人を持っていないはずもなく、節季ごとの付け届けをしてさえおけば、風呂があるとの密告を受けても握りつぶす。

なにせ町奉行所の役人も毎朝、八丁堀《はっちょうぼり》の湯屋へ通っている。風呂の良さは身にしみている。

「身体《からだ》を清潔にすることが、病を防ぐ重要な手立てである」

八代将軍吉宗《よしむね》が設けた小石川《こいしかわ》療養所の医師が入浴の効能を説いてから、幕府も風呂の大切さを理解し、町屋の風呂を咎《とが》めなくなっていた。

今日も今日とて、町の風呂屋は大はやりであった。

「ひょっとして、諫山《いさやま》の旦那じゃ」

いつものように昼八つ（午後二時ごろ）過ぎに風呂を楽しんでいた諫山左馬介《さまのすけ》に声がかけられた。

「どなたか……おおっ、親方ではないか。久しぶりでござるの。このような刻限にお珍しいことじゃ」

振り向いた左馬介が、顔見知りの大工の棟梁《とうりょう》に笑いかけた。

「請け負った普請《ふしん》に使う材木が遅れてやして、今日と明日、二日も遊ぶ羽目になっちまって」

親方が左馬介の隣に腰を下ろした。

高尾山《たかおさん》から水道で水を引いている江戸の風呂屋は、上方《かみがた》の湯屋のように水を贅沢《ぜいたく》に使えなかった。少量の水で十分に汚れが取れ、冬場でも湯冷めをしにくいよう、江戸の風呂屋はその多くが蒸《む》し風呂《ぶろ》であった。

浴室は湯煙で満たされ、少し離れると顔さえわからなくなるため、話をするにはどうしても近づかなければならない。

どっかと隣に座った親方が、左馬介を見回した。

「諫山さん、太ったね」

「……そうか」

左馬介があらためて己《おのれ》の身体を見下ろした。

「太ったさね。前は肋《あばら》が見えるくらいだったが、今はみっしりと肉が付いているぜ」

ゆっくりと左馬介をながめた親方が、ほほえんだ。

「ちゃんと飯を喰《く》っている証拠だ」

「飯は、三度、三度いただいているな」

「仕事もあまりきつくない」

「たしかに、現場で材木運びするよりは楽ではある」

言われた左馬介が認めた。

「よかったなあ」

しみじみと親方が喜んでくれた。

「親方……」

左馬介が感動する親方に啞然《あぜん》とした。

「初めて諫山さんと出会ったのは、もう十年も前になるか」

「……十三年前」

「そうか、もっと前だったか」

訂正された親方が震えた。

「歳《とし》を取るはずだ……おっとこっちのことはどうでもいいや」

親方が笑った。

「まだ前髪をしていたね、諫山さん」

「もう十五歳をこえていたが、髪結いに行く金がなかった。あのころは喰えなかったからなあ」

左馬介が自嘲《じちょう》した。

「こっちもようやく独り立ちを認められたばかりで、現場を回すのに必死だった」

思い出すように親方が、遠くを見つめるような顔をした。

「あれは深川《ふかがわ》の現場だったか。朝、日雇いの人足を集めていたなかに、諫山さんがいた」

親方が続けた。

「怖い目をしていた。まるで親の敵《かたき》を睨《にら》みつけるようだった」

「三日、仕事にありつけていなかった。最後の米を粥《かゆ》にして啜《すす》ったのは前の晩、今日仕事にありつけなければ、一日なにも喰えない。なんとか仕事をもらおうと必死だったのだ」

左馬介も古い思いを掘り起こした。

「お父上が亡くなられたばかりだったと」

「ああ。五日前に父が亡くなり、長屋の者の厚意で空《あ》き樽《だる》を手配してもらって……通夜、葬儀で少なかった蓄えは底を突いた。菩提寺《ぼだいじ》は遠い。縁の薄い寺に埋葬を頼むには、布施《ふせ》が要《い》った」

目を閉じて左馬介が語った。

日雇いをしている者は皆そうだが、浪人にとって、金は命であった。

「腹一杯喰いたくとも、半分で我慢せい。その分の金を残しておけば、一日生き延びられる」

左馬介の父は、浪人の心得として、無駄遣いを禁じ、我慢を教えてきた。

もちろん、父もそうしていた。食べ盛りの左馬介を少しでも満足させるようにと、己の食事を削ってまで金を残した。

だが、日雇いの浪人にできることなど知れている。

雨が降れば、主な仕事である普請場での作業がなくなる。また、少し出遅れただけで他の浪人に仕事を取られてしまうことも、怪我《けが》や病で仕事に出られない日もある。蓄えなど二十日も仕事をしなければ潰《つい》えるほどしかできなかった。

そのわずかばかりの蓄えも、父が患いついたことで減った。なんとか、左馬介が仕事をして、その日喰うくらいは稼げても、医者にかかる、薬を買うなどには足りない。

「長年の疲れじゃな。ゆっくりと休み、滋養のあるものを摂《と》ることじゃ」

なんとか来てもらった医者は、父を診《み》てそう言うだけで、薬を出してもくれなかった。いや、出さないだけ優しかった。医術は施し、仁術とされ、診察だけだと無料ですんだ。

さすがにただでは来てもくれないので駕籠代《かごだい》くらいは要るが、薬をもらわなければそれですむ。薬は原材料がかかっているところに、知識と技術の代金も含まれるため、かなり高額になる。ものにもよるが、薬は数日分で一分《ぶ》、およそ一千五百文ほどする。一日人足をして、なんとか三百文ほどにしかならない日雇いでは、とても買えない。

薬を売りつけようとしなかっただけ、来てくれた医者はましであった。

「薬はいい」

父も薬を拒んだ。一回分、いや、二回分くらいは蓄えで出せるだろうが、それで治

ると は限らないのだ。

もし、薬を飲んで少しでもましになれば、また次もとなるのが人情である。

「おとなしくしていて治らぬならば、これも定め」

父は息子のために金を残そうとした。

「魚を買ってきた、食べてくれ」

「少しだが雉《きじ》の肉を手に入れた」

すでに母を失っている左馬介は、なんとか父を助けようとした。

「…………」

これを拒むことは、治癒をあきらめたと宣言するにひとしい。それがどれほど息子の心に傷を残すか。なにもできなかったと後悔させるより、やるだけのことはしたと思えるようにと、父は感謝しながら、これらを食べた。

だが、それでも限界は来た。

「満足な生涯であった」

左馬介の負担を少しでも軽くするため、父は最期にそう述べた。

「…………」

こうして左馬介は天涯孤独になった。

一人になろうとも、生きていかなければならない。ここで茫然自失《ぼうぜんじしつ》することは、父の想いを無にすることになる。

父がどのような想いで己の用意したものを口にしていたかを、左馬介はわかっていた。

「……腹が減った」

葬儀などに忙殺されたのもあるが、手持ちの金がなくなったことで左馬介は食事を摂れなくなっていた。

「怖《おそ》ろしかったですぜ、あのときの諫山さんは。もし、雇わなければ、あっしの首に嚙《か》みつきそうなほど」

「……うまそうに見えた」

「勘弁してくださいよ」

「冗談だ、冗談」

目つきを変えた左馬介に親方が首をすくめ、それを見て左馬介が笑った。

「分銅屋《ふんどうや》さんでしたか」

「うむ。お世話になっておる」

確認するような親方に、左馬介がうなずいた。

「ずいぶん剣呑《けんのん》な話が聞こえてきますよ」

親方の雰囲気が変わった。

「気を遣ってもらったようだな」

左馬介は、親方が声をかけてきた理由を悟った。

「まあ、見ての通り生きている」

「傷が見えますぜ」

左馬介の身体を見た親方が返した。

「たいしたものじゃない」

「うちの手伝いを……」

危ないまねをするなら、帰ってきていいと親方が勧めてきた。

「かたじけない」

左馬介が深く頭を垂れた。

「お言葉はまことにうれしいが、もう、縁《えにし》ができてしまっておるでな」

「縁《えん》でございますか。そりゃあ、しかたねえ」

謝意を返した左馬介に、親方が嘆息《たんそく》した。

「……よろしゅうござんした」

「そうだの」

しみじみと言う親方に、左馬介も同意した。

「あのころの諫山さまは、いつすべてを捨て去るかわからねえほど危《あぶの》うござんしたからねえ」

「生きていくだけで精一杯で、とても周りを見ている余裕はなかった」

親方の感慨に左馬介も応じた。

「縁のために命を張られる。いやあ、男でござんすねえ」

親方が褒《ほ》めた。

「死ぬ気はないぞ。まだ、妻も娶《めと》っておらぬし」

左馬介は最後まで守ろうとしてくれた父に憧れていた。己も子をなし、その子を一人前に育てあげてみたいと思っていた。

「嫁を……」

少し親方が思案するように、垢《あか》をこそげる手を止めた。

「いかがでござんすかねえ。諫山さんの縁談、あっしに預けちゃいただけやせんか。ちょうどいいのがいやして」

「ありがたい話だが、そっちは分銅屋どのが先口《せんくち》でな」

職人の親方というのは、世話好きが多い。左馬介は親方の厚意を申しわけなさそうに断った。

「分銅屋さんが……それじゃあ、しかたござんせん」

親方ががっくりした。

「すまぬな」

「諫山さんにうってつけだと思ったんですがねえ。うちの職人の女房だったんですが、夫が病であっさりと逝っちまって。後家になったとはいえ、まだ二十過《はたちす》ぎ、生まれも小商いの店の娘で、所帯回しもうまい。なにより、器量がよろしゅうございやしてねえ。あちこちの職人が嫁にと声をかけているんでやすが、首を縦に振らねえ。身持ちも固いと評判の女なんですよ」

未練たらしく親方が相手の女について語った。

「そいつは惜しいな」

男は美しい女に弱い。思わず左馬介が本音を口にした。

「でしょう」

吾《わ》が意を得たりとばかりに、親方がうなずいた。

「いかがです。一度、会うだけ会われては」

「……惜しいが、ときが取れぬ。ずっと分銅屋に詰めておるからな」

誘う親方に、左馬介が首を横に振った。

「お住まいはございんすでしょ」

「あるぞ。ほとんど仮眠するだけの場所になっているが」

問われた左馬介が苦笑しながら首肯《しゅこう》した。

「どちらで」

「そこの辻《つじ》を奥に入った分銅屋どのの持ち長屋だ」

「そいつは……いいところじゃございやせんか」

左馬介の説明で理解した親方が、驚いた。

「昼過ぎにしかおらぬが、近くに来たときは声をかけてくれ。男やもめの住まいだ。欠け茶碗《ちゃわん》と水しかないがな」

「そのときはこちらで酒を用意しやすよ」

「すまぬ。気遣いを無にするのは悪いが、用心棒じゃ。酒はやめた」

親方の手土産《てみやげ》を左馬介は断った。

「こいつは、気づかねえまねを」

親方が詫《わ》びた。

「そろそろ出る。また声をかけてくれ」

左馬介が身体から浮き出た汗と垢を流して立ちあがった。

二

田沼主殿頭意次《たぬまとのものかみおきつぐ》は、己の力が幕府のなかへ浸透していくのを感じ取っていたが、同時に壁に当たっているともわかっていた。

「なにとぞ、よき働き場所を」

「かならずお役に立ちまする」

毎日のように田沼意次のもとに、手土産という名の賄賂《わいろ》を持った大名旗本がやって来る。

「尽力いたそう」

「なかなか空きが出ませぬが、貴殿のような優秀な御仁《ごじん》を遊ばせておくのは損失でござる。補充のおりにはきっと」

もともと米を重視し、金を軽視する大名旗本たちに、その威力を教えるために始めた賄賂策であったが、当たり前のことながら、破綻《はたん》はすぐに訪れた。

「愚か者しか来ぬ」

　金の力を利用して、役目を買うような輩《やから》である。

　役目に就きたがったのも名誉が欲しいか、役得を狙っているかであった。そんな愚かな連中を田沼意次は推薦した。

「今さらやめるわけにはいかぬ」

　すでに実績ができてしまっていた。

「主殿頭さまに金を渡せば、かならず望みが叶《かな》う」

　さすがに田沼意次の力の及ばない老中や若年寄、馬鹿にさせては幕府に被害が出る勘定奉行、町奉行、長崎奉行、佐渡《さど》奉行など重要な役目には押しこんでもいないが、それ以外の小普請組頭《こぶしんくみがしら》や先手組《さきてぐみ》、書院番など、名前だけの役目への斡旋《あっせん》は多く、もう空きはなかった。

「ここまで旗本は腐っていたのか」

　大名の役目というのはあまりないし、家柄がものを言う。旗本でも家柄や経歴が大きく左右するが、それでも役方《やくかた》、番方《ばんかた》の筋はある。

「代々番方を受け継いでおきながら、槍《やり》も刀も使ったことがない」

「役方でありながら、字が汚い、算盤《そろばん》も使えない」

田沼意次が嘆息した。

さすがに推薦の前に、あるていど人物の調査はする。

「先代さまが苦悩されるのも当然であった」

吉宗の努力に田沼意次はあらためて感心していた。

「……どうすればよいかの」

目の前に置かれた金包みを見ながら、田沼意次が呟《つぶや》いた。

「殿、分銅屋がお目通りを願っておりまする」

「通せ」

すでに来客はほとんど終わっている。

「残っている客は、井上《いのうえ》に相手させせよ」

田沼意次が後の対応を用人《ようにん》に一任した。

「主殿頭さま、よろしゅうございましょうか」

廊下から分銅屋仁左衛門《にざえもん》の声が聞こえた。

「開けてよいぞ」

「御免を」

田沼意次の許しを得た分銅屋仁左衛門が襖《ふすま》を開けて一礼した。

「入れ。その方もな」

頭を下げている分銅屋仁左衛門と左馬介に田沼意次が告げた。

「畏《おそ》れ入りまする。諫山さま」

いつもの遣《や》り取りなので、これ以上の気遣いはしない。

分銅屋仁左衛門が左馬介を促して、書院に入った。

「買い取りに来てくれたか」

「そろそろ溜《た》まっておられるかと存じまして」

田沼意次の問いかけに、分銅屋仁左衛門が答えた。

「のちほど井上に用意させよう」

「お手数をおかけいたしまする」

分銅屋仁左衛門が頭を垂れた。

来客の持ってくる賄賂は金だけとは限らなかった。武士は金を卑しいものと考えている。賄賂とわかっていても露骨に金を渡すことに抵抗を感じる者もおり、そういった連中は珊瑚《さんご》や宝玉、銘刀や書画などを持ちこんでくる。

こういったものは、欲しいと思っていればこそ価値があった。

出自が紀州《きしゆう》藩の下士である田沼家は、立身してからも贅沢を避けている。さすがに武士としての気概と面目があるため、刀や茶器などは手元に残すが、それ以外はあるだけで場所を塞《ふさ》ぐ。それだけではない。名品や宝玉ほど手入れに手間がかかる。

つまりは持っているだけで面倒なのだ。

「金にしてくれ」

先祖代々の家宝というものなどない田沼意次は、こういった贅沢品に興味が薄かった。

「お任せいただきましょう」

分銅屋仁左衛門は両替商である。だが、小判を銭に、銭を小判に交換するだけの手数料では、とても浅草《あさくさ》一の金持ちにはなれない。

表向きは両替商でありながら、そのじつは金貸しが分銅屋仁左衛門の商いであった。

金貸しはただで金を融通してはくれない。金利を払うだけでも金を貸してはくれなかった。

「形《かた》はなにを」

金を貸すときには、かならずそれに見合うだけのものを預かった。

金を貸した相手が払えずに逃げても、潰《つぶ》れても価値のあるものを担保にしていれば、損失は避けられる。当然、その品がどのくらいの値打ちがあるか、あるいは偽物《ぎぶつ》ではないかを見抜く目が要る。さらに金が返ってこなかったとき、その品を売り払うだけの伝手《つて》を持っていなければならない。

そういったことも含めて、分銅屋仁左衛門は目利きができた。

「酒を」

田沼意次が近習《きんじゅ》に命じた。

「いかがなさいました」

日頃酒など呑《の》まない、田沼意次がそう言っていたことを思い出して分銅屋仁左衛門が気遣った。

「いやの、馬鹿の相手に疲れただけじゃ」

田沼意次が肩を落とした。

「お客さまのことでございますな」

すぐに分銅屋仁左衛門が理解した。

「愚かすぎるわ。己がなにをできるかということさえ気づいていない。できもせぬくせに重要な役目を担いたがる」

「人というのは、己のことを気づかぬものでございまする」

「そうだとはわかっていたが、まともに字も書けもせぬくせに奥右筆《おくゆうひつ》になりたいだとか、槍を持ったことさえないのに先手組頭を務められると言う。ここまで旗本が落ちているとは思わなかった」

分銅屋仁左衛門の慰めに田沼意次が大きく首を左右に振った。

「かといって金を出した限り、それに応じねばならぬ。でなければ、やっと根付きかけた金の力が無意味になる」

葛藤《かっとう》に田沼意次が苦しんでいた。

「なにか良い手はないか、分銅屋」

「ございまする」

問われた分銅屋仁左衛門がすぐに応じた。

「あるのか」

田沼意次が身を乗り出した。

「役目に値付けをいたしましょう」

「……役目に値を付けると申すか」

分銅屋仁左衛門の提案に田沼意次が戸惑った。

「さようでございまする。わたくしには御上《おかみ》のお役はわかりませぬが、利の多い役目は高く、そうでないのはそれなりといたせばよろしいのではございませぬか」

「ふうむ」

田沼意次が思案した。

「そうすれば高望みはなくなろうが、高い値の役目に就いた者は、余に差し出した金以上に利益を生まねばと思い、無理をいたすのではないか。佐渡奉行ならば危険な場所まで掘り進むとか、長崎奉行ならば地の商人どもに金を要求するとか」

「よろしいのではございませぬか」

「なにを申す」

別に無理難題を認めても良いのではと言った分銅屋仁左衛門に、田沼意次が厳しい声を出した。

「無理難題を押しつけたとなれば、その者を咎められましょう」

「……なんじゃと」

田沼意次が驚いた。

「主殿頭さまがお約束なされるのは、お役に就けるまででございまする」

「…………」

一瞬田沼意次が黙った。

「……なるほどの」

少しして田沼意次がうなずいた。

「たしかに余が求められているのは、役職への就任であるの」

田沼意次が口の端を吊《つ》りあげた。

「役職で値段を変えることで、無謀な頼みごとを排除し、就任した後のことは知らぬとするか。しかしだな、咎められそうになった者からの保護、咎められた者からの助けの求めはどうする」

「商いは、最初の決まりごとだけで終わりでございまする。それ以上は別料金となるのが当然」

田沼意次の懸念《けねん》を分銅屋仁左衛門が一蹴《いっしゅう》した。

「商人はしたたかじゃの」

「無限に面倒を見ることなど、誰にもできませぬ」

あきれる田沼意次に分銅屋仁左衛門が真顔で応じた。

「よき意見をもらった。感謝する」

田沼意次が分銅屋仁左衛門に述べた。

「存分に口を湿《しめ》してくれ」

近習が用意した膳《ぜん》を、田沼意次が勧めた。

いかに出入り商人であり、ともに天下を金の世にしようと手を組んでいるとはいえ、田沼意次は幕府の重鎮である。分銅屋仁左衛門は数杯の酒を呑んだところで、田沼意次の屋敷を辞した。

「いけませんね」

常盤橋御門《ときわばしごもん》を出てしばらくしたところで、ふと分銅屋仁左衛門が漏らした。

「どうかしたのか、分銅屋どの」

警固のため半歩後ろに位置取りをしていた左馬介が訊《き》いた。

「主殿頭さまも、やはりお武家さまの決まりからは外れられぬようで」

分銅屋仁左衛門が左馬介の問いに答えた。

「先ほどの話か」

すぐに左馬介が応じた。

「諫山さまなら、どうなさいます」

「拙者《せつしゃ》がか」

促された左馬介が驚愕《きようがく》した。

「ううむ」

左馬介は唸《うな》った。

「ようは役目が足りぬということだろう」

「さすがでございますな」

要点を一言にまとめた左馬介に、分銅屋仁左衛門が感心した。

「少しばかり見積もりが、甘かったのはたしかですな」

分銅屋仁左衛門も問題は最初からあったと口にした。

「金と役目の釣り合いを考えていなかったのも問題ではあるが、それよりこれほど金を持って来る者がいるとは思ってなかった」

「はい。これについては、わたくしもまだまだ至りませぬ」

左馬介の意見に分銅屋仁左衛門が同意した。

「お武家さまは、もっと金を嫌がられると思っていたのでございますが」

「それだけ、金は天下に根を張っているということだの」

浪人は一文に泣く。一文ないがために、飯が喰えない経験をしている。たかが一文だと思うだろうが、煮売り屋や行商人にとって、その一文が儲《もう》けなのだ。一文を積み重ねて、ようやく一日の生活が成り立つ。

浪人は同じような境遇である日銭稼ぎの気持ちもわかっていた。

「先代の上様も、主殿頭さまも、そこに気づかれなかった。己で金を払う、ものを買うという経験をしておられないからだろうな」

「先代の上様は、紀州家におられたころ、自ら城下町を出歩かれ、ものの値段などを見ておられたと聞きますが」

分銅屋仁左衛門が疑問を口にした。

「値段を知っているだけでは意味がなかろう。実際、それが高いかどうかは、自前で金を稼がぬ限りはわからぬ。一日働いた銭で夕食を喰うときに酒を頼むかどうか、懐《ふところ》と己の欲望と明日の天気を秤《はかり》にかけて決めたことなどないだろう」

いつでも、どのような理由でも日雇いの仕事はふいになくなった。

「それはわたくしでもございませぬ」

左馬介の話に、分銅屋仁左衛門が難しい顔をした。

「金の本質は、それを知って初めてわかる。分銅屋どのには、釈迦《しやか》に説法だがの」

「……金の本質でございますか」

分銅屋仁左衛門の雰囲気が変わった。

「金とはなんだと思われまする」

左馬介を見つめて、分銅屋仁左衛門が尋ねた。

「……命。生きていくために要るもの」

少しだけ考えて左馬介が答えた。

「山奥などで、自ら田畑を耕し、狩りをし、機《はた》を織る。それができれば金は要らぬ」

「生きてはいけますな」

分銅屋仁左衛門が首肯した。

「だが、実際は無理だ。家は建てられぬ、洞窟《どうくつ》や木の洞《うろ》などが住処《すみか》だと危険は防げぬ。さらに機織りの道具などを自作できぬ」

「なにより、その地の領主が認めますまい。年貢や賦役《ぶやく》を果たさぬ者は、治政にとって飢饉《ききん》よりも危うい。一人を認めれば、次々にまねをする者が現れ、領地はやっていけなくなりますからな」

左馬介の意見に分銅屋仁左衛門が付けくわえた。

「金は命。まさにその通りでございます。それにわたくしはもう一言足しましょう」

「なにを足される」

興味を持った左馬介が問いかけた。

「金は量り」

「量り……」

「ものの価値を量るのでございますよ、金は。一両で米が一石、一両は今六千文ほど。そして人足は一日働いて三百文。三百文で米は五升買える。つまり、一日の働きは米五升に等しい。人足の賃金だけではございませぬ。鰺《あじ》一尾、古着一着、そのすべてが金で価値を決められる。嫌な言いかたになりますが、人の価値も表せるのですよ」

「嫌な予感しかせぬが」

左馬介が引いた。

「一日米五升の人足は一年働けば、十八石になりまする」

「うわあ」

嫌な予感が当たったと左馬介が頭を抱えた。

「十八石以下のお武家さまは、人足以下ということになりますな」

楽しそうに分銅屋仁左衛門が告げた。

「二百石で人足十一人分。こうやって考えますとお武家さまも怖くはございませんでしょう」

分銅屋仁左衛門の声が冷たくなった。

三

両替屋へやって来る客のいく人かは、小判を銭に替えるのが目的である。

「悪い、急ぎで両替を頼まあ」

駆けこんできた男が小判を差し出した。

「まったく、銘刀の研ぎでもあるめえに小判なんぞ出されても釣りに困るっていうのによ」

「それは大変でございますな。一応、決まりでございますので小判を調べさせていただきますよ」

顔なじみの研ぎ師に応対した番頭が告げた。

「やってくれ」

研ぎ師が同意した。

「…………」

番頭が比較用の小判を出して、研ぎ師の小判をその上に置いた。

「耳欠けはなさそうでございますな」

どんどん質は悪くなっているが、小判は金でできている。その小判を目立たないように削って、金の粉を集める者がいた。

「天秤《てんびん》を」

「へい」

番頭の指示に、小僧が天秤を持ってきた。

「……たしかに」

重さを確認した番頭がうなずいた。

小判は本来四匁《もんめ》七分《ぶ》六厘《りん》（約十八グラム）であった。それをときの幕府が財政の悪化に合わせて重量を減らし、宝永《ほうえい》期にはほぼ半分の二匁五分まで小さくなった。しかし、小判の質の悪さに世間があきれ、値打ちが下落、あわてた幕府は正徳《しょうとく》年間にもとへ戻し、八代将軍吉宗もこれを継承していた。

「本日の相場は一両六千文でございますが、よろしゅうございましょうや」

番頭が研ぎ師に確認した。

「大きく変わりそうかい」

研ぎ師が相場の変動がありそうかと問うた。

場合によっては一日で相場は変化する。一日で二百文から上下することもある。研ぎ師の質問は当然のことであった。

「さようでございますな。今年は奥州《おうしゅう》も穏やかな天候だとのお話でございますので、秋の大風が九州を襲わなければ、少し下がるかも知れません」

「秋まで待っちゃいられねえな。それでいい」

研ぎ師が手を出した。

「すべて銭で」

「それくらい、持って帰れるし、掏摸《すり》に狙われることもねえ」

尋ねた番頭に研ぎ師が応じた。

銭は千枚をまとめて一貫としている。すなわち一両は六貫になる。言うまでもないが、銭千枚は重い。とても掏《す》り盗《と》ることはできないし、奪ったところで邪魔すぎて逃げにくい。なまじ小粒金や丁銀《ちょうぎん》など財布に入るようにしてしまうほうが、盗られやすくなった。

「承知しました。おい、用意をね」

番頭が小僧に指示を出した。

「景気はどうです」

小僧が戻るまで、番頭は世間話を仕掛けた。

「悪くはねえなあ。仕事は続けてあるし」

「それはなにより」

「とはいえ、赤鰯《あかいわし》を磨くなんぞは遠慮したいところなんだが」

「赤鰯……刀の研ぎ」

研ぎ師の嘆きに番頭が驚いた。

赤鰯とは日頃まともな手入れをしなかったことで、刀身が錆《さ》び付いた太刀《たち》のことを言う。手入れの悪い刀身の光り具合と錆《さび》の浮き方、色合いからそう呼ばれた。

「たしかにまともな刀の研ぎには出せねえだろ」

刀の研ぎを専門とする職人は矜持《きょうじ》が高い。安物のうえに手入れもまともにしていないような刀の研ぎなど見向きもしない。

「なにより、手間が高い」

刀の研ぎは難しい。単に錆を落として切れるようにするだけではなく、刃文《はもん》を整えたり、鞘《さや》にするりと入るように反りを合わせたりもする。とくに刀の命でもある切っ先の手入れはかなりの技量が要った。

「そんなに違いますか」

番頭も世情には通じているが、刀の研ぎまでは通じていなかった。

ないぞ」

「ものによるけどなあ。最低でも一分は取るな。赤鰯となれば一両と言われても仕方

単に研ぐだけではなく、錆を落とし、鞘のなかの掃除もしなければならなくなる。赤鰯を突っこんであった鞘には錆が残っているのだ。これをしっかり取らないと、すぐに錆が刀身に移ってしまう。

「そちらさまではいくらでお引き受けに」

「切れるようにすればいい、鞘はそのままという条件で八百六十文で引き受けた」

興味を持って訊いた番頭に、研ぎ師が答えた。

「包丁の研ぎが六十文ほどだからな。刀の長さと錆落としを入れたら、そんなもんだろう」

妥当な値段だと研ぎ師が答えた。

「浪人さんですか」

「そうなんだよなあ。浪人が小判なんぞ持ってるわけねえと思っていた。小判があれば、刀を研ぐより飯のはずだ」

「それはたしかに」

番頭が納得した。

「浪人になったばっかりとも思えねえ。身形《みなり》は小汚ねえし、着ているものもいつ水をくぐったかわからねえ。当然、羽織を身につけてねえしな」

「浪人が、赤鰯を、売らずに研ぐと」

「珍しいことだろう」

「……ああ、ご苦労さま」

ちょうど小一貫文の銭束を六つ抱えてきた小僧から、番頭が受け取った。

「では、一貫文の束を五つ。いつも通り、紐代《ひも》として四文ずついただいておりまする」

「わかっている」

銭を千枚数えて紙こよりで作った紐に通す。この手間として四文もらうのは両替屋だけではなく、商家や職人でも同じであり、一貫文は実質九百九十六文であった。

「次に手数料といたしまして、百二十文ちょうだいいたしまする」

手元に残していた一貫の束から、百二十文番頭が抜いた。

「高いが、分銅屋さんのところは鐚銭《びたせん》を混ぜこまねえからな」

「当然でございまする。当家は銭を扱っておりますれば、摩耗、欠けなどの悪貨《あっか》は、暖簾《のれん》にかけて取り扱いいたしませぬ」

番頭が胸を張った。

「……ありがとうよ。じゃ、またな」

用意してきたずだ袋に金を入れ、しっかりと口を閉じた研ぎ師が腰をあげた。

「ご繁盛なことでなによりだね」

見送った番頭が、小判を手提げ金庫のなかへ仕舞い、今の商いを記録するために帳面を広げた。


分銅屋仁左衛門は田沼意次から預かった品を持って、日本橋《にほんばし》の大店を訪れた。

「本日は、是非大旦那さまに見ていただきたい品がございまして」

礼儀として訪問はあらかじめ手代を使って報《しら》せてある。

「お待ちしておりました」

店先にいた番頭が迎えた。

うさんくさい古道具屋だとか唐物《からもの》屋だとかであれば、表から入れることはない。両替商として名の知れた分銅屋仁左衛門なればこその歓迎であった。

「分銅屋どの、拙者は外で」

左馬介が暖簾の前で足を止めた。

「はい」

分銅屋仁左衛門がうなずいた。

いかに分銅屋仁左衛門の用心棒とはいえ、浪人を日本橋の大店が奥へ通すことはなかった。いつも左馬介も同席させる田沼意次が変わっているのである。

「……………」

左馬介は商いの邪魔にはならないが、大店の暖簾が見えるところまで移動した。

「繁華さでは浅草が勝るの」

用心桶《おけ》の隣に立ちながら、左馬介は日本橋の風景を眺めた。

東海道《とうかいどう》の起点である日本橋は、江戸開府の中心地でもあった。それだけに江戸を代表する老舗《しにせ》が軒を並べている。

だが、それは貧しい町民を相手にしていないという意味でもあった。

また刻《とき》も悪かった。江戸を離れ東海道を上る旅人は、少しでも遠くまで距離を稼ぎ、宿泊の回数を減らそうとするため、ほとんどが夜明け前に旅立つ。そして、江戸へ下ってくる旅人は、同じ理由で藤沢《ふじさわ》宿、戸塚《とつか》宿あたりを出ているため、日本橋に到着するのは、ほぼ日暮れ前になる。

昼前の日本橋に、旅人の姿はあまり見られなかった。

「浪人も少ない」

大店が多いだけに町奉行所への付け届けもしっかりとしている。地元の御用聞きはもとより、町奉行所の同心もこまめに廻《まわ》っていた。

「……うん」

ふと左馬介は見られていると感じ、周囲へ気を配った。

「あれは……御用聞きか」

考えていたばかりである。左馬介が苦笑した。

「ちょっといいか」

手下二人を連れた御用聞きが、ちらと羽織の前を開けて十手《じって》を見せた。

「親分どの、なにかの」

暗に身分を明かした御用聞きに、左馬介が応じた。

「お名前とお住まいを」

「諫山左馬介、住まいは浅草の分銅屋どのの持ち長屋でござる」

分銅屋仁左衛門の供をしているときにもめ事は避けたい。左馬介は穏やかに告げた。

「浅草……ずいぶんと離れておりまするが」

さすがに大店へ出入りするだけのことはある。怪しい左馬介にも御用聞きはていねいに訊いた。

「仕事で参った」

「……仕事」

左馬介の答えに、御用聞きが怪訝《けげん》な顔をした。

「雇い主の供をして参った」

「用心棒だと」

すぐに御用聞きが理解した。

「いかにも」

左馬介がうなずいた。

「その雇い主はどちらに」

「商談中でござる」

御用聞きの問いに左馬介がちらと大店を見た。

「清見屋《きよみや》さんか」

「もう、よろしいかの」

左馬介が少しだけ眉間《みけん》にしわを寄せて見せた。

浪人を逃がさぬとばかりに御用聞きが囲んでいる。道を行き交う人はもちろん、近隣の店からも興味を向けられていた。

「こっちの決めることだ」

御用聞きの手下の一人が、左馬介を睨んだ。

「おい、抑えろ」

「ですが、親分」

御用聞きに叱《しか》られた手下がわざとらしい反応をした。

「…………」

いつもこうなんだろうなと左馬介は口の端を吊りあげた。

手下が脅し、親分がなだめる。こうすることで、尋問している相手に揺さぶりをかけるのだ。

「問い合わせてもいいか」

御用聞きが清見屋に目をやった。

「かまわぬぞ」

問い合わせを受けるだけでも手間になる。

「分銅屋さんが浪人を連れてくるから」

「駕籠で来ればすむというに……」

清見屋の奉公人が嫌な顔をする。それだけでも分銅屋仁左衛門の評判にかかわる。とはいえ、ここで弱気になれば、より御用聞きの疑いを深くする。

左馬介は堂々と首肯した。

「…………」

じろりと御用聞きが左馬介の様子を窺《うかが》った。

御用聞きも出入りの金をくれている大店へ余計な手間をかけたくはない。

「それくらい、そちらで判断してくれなければ」

店の主《あるじ》から文句を言われたら、出入りに影響する。

「…………」

左馬介も己から動く気はないので、じっとしていた。

「諫山先生」

涼やかな声が聞こえた。

「……加壽美《かすみ》どのではないか」

うれしそうに小走りに近づいてくる芸妓《げいぎ》に左馬介が目を大きくした。

「珍しいの。こんなところまで」

左馬介が思わず訊いた。

「お得意さまが、上方へ商用でお出かけになるというので、品川《しながわ》までお見送りに行ってきたんでござんすよ」

言いながらするりと囲んでいる御用聞きたちの間を抜け、加壽美が左馬介に抱きつくようにした。

「……えっ」

「加壽美……柳橋《やなぎばし》の」

御用聞きたちだけでなく、遠巻きに見ていた野次馬たちも呆然《ぼうぜん》とした。

四

柳橋一とうたわれる芸妓の加壽美は、お庭番村垣伊勢《むらがきいせ》が江戸の城下を探るための隠れ蓑《みの》であった。八代将軍吉宗の、天下の経済を米から金に代えろという遺言にしたがって田沼意次のもとに配され、その縁で左馬介とも知り合っていた。

「旦那こそ、こんなところまでお出《い》でとは、分銅屋さんのお供でござんすか」

村垣伊勢が御用聞きに聞こえるていどの声量で言った。

「……ああ」

分銅屋仁左衛門の名前は町奉行所にとって鬼門となっている。南町奉行所の同心が左馬介を下手人《げしゆにん》と考え、その証拠集めや自白強要などで分銅屋に無体を仕掛けた結果、同心は追放、手札をもらっていた御用聞きは縄張りを奪われた。それでもあきらめきれなかった同心と御用聞きは、左馬介と分銅屋に手出しを続け、ついに二人とも牢屋《ろう》敷へと放りこまれている。

罪を犯した者のなかに、もと同心や御用聞きが入れられればどうなるか。

「てめえのせいで、捕まった」

「えらそうな面《つら》しやがって、結局はおれらと同じ牢屋落ちか」

憎しみをぶつけられ、二人とも三日ほどで殺されてしまっている。

これは同心と御用聞きの態度に怒った分銅屋仁左衛門が、江戸の大店を巻きこんで町奉行所への心付けをやめると宣言したことによった。

与力で二百石、同心にいたっては三十俵二人扶持《ふち》ていどと薄禄《はくろく》の町奉行所役人にとって、この心付けが主たる収入になる。これがなくなれば、それこそ町奉行所役人は干上がってしまう。

同僚と贅沢な生活を天秤にかけた町奉行所は、同心と御用聞きを見捨てた。

この騒動は、南北両町奉行所にとって悪夢であり、広く知られている。

「……分銅屋というのは、浅草の」

御用聞きの顔色が変わった。

「さいでござんすよ」

裏の事情などなにも知らないといった無垢《むく》の表情で、村垣伊勢がうなずいた。

「失礼をいたしやした」

一礼した御用聞きたちが、そそくさと離れていった。

「……助かった」

左馬介がため息を吐《つ》きながら、村垣伊勢に礼を言った。

「しかし、偶然だな」

こんなところで会えるとは思わなかったと左馬介が口にした。

「偶然なわけなかろう」

先ほどまでの甘さなど霧散した冷たい口調で村垣伊勢が続けた。

「分銅屋を見張っていたら、そなたらが出かけるゆえ後を付けたのよ」

「見張っていた……まったく気が付かなかった」

左馬介が息を呑んだ。

「阿呆《あほう》め。そなたらに気づかれるわけなどなかろう」

「いや、加壽美どのほどの美形なら、見逃すことはないはずなのだが……」

「…………」

あっさりと言った左馬介に、村垣伊勢が黙った。

「どうかしたか」

動きの止まった村垣伊勢に、左馬介が怪訝な顔をした。

「ふんっ」

不意に村垣伊勢が左馬介にもたれかかるようにしながら、背中に回した手を拳《こぶし》にして腰を打った。

「あつっ……なにをっ」

思わぬ痛みに左馬介が村垣伊勢から離れようとしたが、

「逃がさぬ」

しっかりと押さえこまれた。

「おいっ、あれは柳橋の……」

「加壽美姐《ねえ》さんだろう。あの浮いた噂《うわさ》一つない」

「その姐さんが浪人に抱きついている……まちがいだよな、なあ、まちがいだと言ってくれ」

野次馬が騒ぎ出した。

「……やったな」

「ふふふ。吾《われ》を困らせた罰じゃ」

嘆息した左馬介に、村垣伊勢が満足そうに笑った。

「……きっとですよ」

ふたたび声音を甘えたものに戻した村垣伊勢が、すっと左馬介から離れた。

「………」

その身替わりの早さに追いついていけない左馬介を残して、村垣伊勢が小走りに駆けていった。

「帰りたい」

興味津々の野次馬に左馬介が悲鳴をあげた。


奥へ通された分銅屋仁左衛門は、清見屋の先代太郎右衛門《たろうえもん》と対峙《たいじ》していた。

「ご無沙汰《ぶさた》をいたしております」

「こちらこそ」

一礼した分銅屋仁左衛門に太郎右衛門が合わせた。

「ご隠居なされて、もう一年になりましょうか」

「一年半でございますよ」

太郎右衛門が首を横に振った。

「店を息子に譲れば、暇ができると思っておりました。日々好きなことをし、たまに老妻を連れて物見遊山《ものみゆさん》をする。楽しみにしておりましたが……息子が気になってしまい、結局家から出ずに店のことばかり。こんなことなら、死ぬまで隠居せずにいたほうがましだったと後悔しきりで」

「なんともまた、お疲れでございましょう」

愚痴を言った太郎右衛門を分銅屋仁左衛門がねぎらった。

「もうあれも三十をこえました。一人前だと見極めたからこそ、店を譲ったはずなのでございますが」

太郎右衛門が小さくため息を漏らした。

「ご隠居さま、ご当代さまのご評判はよろしゅうございますよ。商いに真摯《しんし》でいられるだけでなく、奉公人にもよくなされていると」

「さようでございますか」

分銅屋仁左衛門の言葉に、太郎右衛門が喜んだ。

「わたくしにしてみれば、当然のお話だと思いまする。ご隠居さまがご薫陶《くんとう》なされたご当代さまでございますよ。さすがに何十年と店を切り盛りなされたご隠居さまにはまだ及ばれませんでしょうが、そのへんの跡取り方とは一線を画しておられまする」

「そこまで分銅屋さんに言っていただけるとは」

襖が開いて当代の清見屋が顔を見せた。

「お父さん、ご一緒させてもらっても」

「入る前に声をかけなさい」

顔をしかめながらも、太郎右衛門が息子の同席を許した。

「よくお出でくださいました」

清見屋が分銅屋仁左衛門をあらためて歓迎した。

「お忙しいところをお邪魔いたしまして」

分銅屋仁左衛門が清見屋に頭を下げた。

「最近はいかがでございますか」

「相変わらずと申したいところでございますが、よろしくございませんな」

「借財を求めるお方が……」

「増えておりまする」

清見屋の確認に、分銅屋仁左衛門がうなずいた。

「お武家さまの内情は火の車……」

「はい」

呟くように言った清見屋に分銅屋仁左衛門が同意した。

「なればこそ、田沼さまのもとへ人が集まる」

太郎右衛門が会話に入ってきた。

「お役目に就ければ役料が入りますし、ものによってはすさまじい余得があることもございますから」

分銅屋仁左衛門が応じた。

「お父さん」

「うむ」

親子が顔を見合わせた。

「店のことは、もうおまえに譲った。好きになさい」

「より身代を増やしてみせましょう」

ほほえんだ太郎右衛門に清見屋が強く答えた。

「…………」

「分銅屋さん」

店と親子のことに口を挟むのはと黙って見ていた分銅屋仁左衛門に、清見屋が顔を向けた。

「買わせていただきまする」

清見屋が告げた。

「ものも見ずによろしいのでございまするか」

「田沼さまのところへ持ちこまれたものでございましょう」

「さようでございますが」

確かめる清見屋に分銅屋仁左衛門が首をかしげて見せた。

「縁を結ばせていただきますゆえ」

「…………」

「そのように」

にこやかに告げた清見屋を見て、無言で問うた分銅屋仁左衛門に太郎右衛門がうなずいた。

「畏れ入りました。ご隠居さまにお話しするつもりでございましたが、ご当代さまはしっかりとお気づきで」

分銅屋仁左衛門が感心した。

「ものはなんでございましょう」

「茶碗《ちやわん》でございまする。古瀬戸《こせと》の名品、銘はございませんが」

「いくらで」

「相場で百というところかと」

「では、二百でいただきましょう」

すっと倍の金額を清見屋が提示した。

「では、それで」

分銅屋仁左衛門が風呂敷包みごと、茶碗を差し出した。

「いつごろがよろしいか」

「あといくつかお預かりしたものがございまする。十日ほどお待ちいただければと思いまする」

質問の意図はわかっている。分銅屋仁左衛門が答えた。

「では、そのあたりで献上いたしましょう」

清見屋が十日すぎたころ、この茶碗を手土産に田沼意次のもとへ挨拶《あいさつ》に行くと述べた。

「お名前はお伝えいたしておきましょう」

分銅屋仁左衛門が応じた。

二百両で買ったものを献上する。つまり清見屋は分銅屋仁左衛門から代金を受け取った田沼意次に四百両の賄賂を贈ると言ったのだ。こうすることで万一誰かに見られていたとしても商人から金を受け取ったという悪評は避けられる。なにより、小判を積むのではないのだ。清見屋が今すぐに見返りを求めていると田沼意次に取られずにすむ。もちろん、清見屋は商人である。しっかり出した分以上の利を要求するが、それでも最初から、儲けさせろと言ってくる者どもよりは、田沼意次の心証はいい。

「では、これで」

金を受け取った分銅屋仁左衛門が清見屋親子の前を辞した。


「お待たせをいたしました……」

清見屋から出てきた分銅屋仁左衛門が、左馬介をにやつきながら見ている野次馬たちに戸惑った。

「なにがございました」

分銅屋仁左衛門が問うた。

「偶然、加壽美どのと出会ったのだ」

「ああ、なるほど。それで」

左馬介の言葉に分銅屋仁左衛門が手を打った。

「どれどれ……」

分銅屋仁左衛門が左馬介の顔をじっくりと見た。

「なにかの」

左馬介の腰が引けた。

「紅は付いてませんな。いや、なにより。喜代《きよ》の機嫌が悪くならなくてすみます」

にやりと分銅屋仁左衛門が笑った。

「からかわんでくれ。持とう」

これ以上は勘弁してくれと、左馬介が分銅屋仁左衛門の持っている袋に手を伸ばした。

「お願いしましょう。さすがに二百は重い」

「二百っ」

高額に左馬介が絶句した。

「帰りますよ」

すっと分銅屋仁左衛門が歩き出した。

「……商いはうまくいかれたようだの」

しっかりと後ろに続きながら、左馬介が訊いた。

「なかなかの御仁でございました。代替わりをなされたというのでどのようなお方かと気にしてみたのですが……いやあ、清見屋さんは安泰ですな」

「そこまで分銅屋どのが褒めるのは珍しい」

己にも厳しいが、他人にも厳しい分銅屋仁左衛門が手放しで褒めたことに左馬介が驚いた。

「諫山さまのことも褒めてますよ」

そこまで珍しいことではなかろうと分銅屋仁左衛門が苦笑した。

「拙者への褒め言葉はいただいておるが、商いではなかろう」

「ふふふふ。いや、さすがは諫山さま」

楽しそうに分銅屋仁左衛門が笑った。

「少し聞いていただきましょうかね」

分銅屋仁左衛門が今の商いを語った。

「……賄賂たりえぬ賄賂か」

「違う顔をした賄賂でございますな」

話を聞き終えた左馬介の感想に、分銅屋仁左衛門が首肯した。

「怖いなあ、商いは」

「命をかけるのが本気の商いでございますよ。もちろん、一日で数万両を動かす大商いだけでなく、日銭を稼ぐ小商いも商いには違いありませんし、命がかかっているのも同じ」

「売り上げがなければ、飢える」

「人としての死、そして売れないものを仕入れた、見る目がない、販路を確保していない、という批判による商人としての死」

「商人としての死……」

左馬介が息を呑んだ。

「しくじった商人は商人から相手にされなくなりまする。売れなかった商品を金に換えようとしても、足下を見られるだけ。まず、己が仕入れたときの半値にもなりませぬ。まあ、半値でも売れればいいですが、売れなければ丸損。この状況で新たな仕入れはできませぬ」

「損をした商人に仕入れの金を貸す者はいないか……」

潰れそうな店に金を貸す。それは大きな博打《ばくち》であった。そして、金貸しほど博打を嫌う。

「損の仕方にもよりますがね。危ない橋を渡らなければならないときもございますからね」

「分銅屋どのが言われると、重いの」

一度店を乗っ取られかけたのを逆転させた分銅屋仁左衛門の手腕を左馬介はよく知っていた。

「……諫山さま」

「うむ」

すっと笑みを消した分銅屋仁左衛門に小さくうなずいて、左馬介が不意に振り向いた。

「なにか用かの」

左馬介が背後に迫ってきていた男に問いかけた。

「おわっ」

気づかれていないと思ったのか、薪雑把《まきざっぱ》を振りあげて左馬介を殴ろうとしていた男があわてて後ろに飛び退《の》いた。

「何用でございますかね」

さっき二人の横を駆けて抜き、今前に立ち塞がっているもう一人の男に分銅屋仁左衛門が問うた。

「懐の金を寄こせ。怪我したくないだろう」

前の男が懐から匕首《あいくち》の柄《つか》を覗《のぞ》かせた。

「諌山さま」

「先ほどこのあたりの御用聞きに疑われたばかりなんだが」

「それはちょうどよいことで」

分銅屋仁左衛門がにやりと笑った。

「またとんでもないことを……」

「殺さないでくださいね」

ため息を吐いた左馬介に、分銅屋仁左衛門が条件を付けた。

「端《はな》から五体満足で帰す気はないが」

「なにを言ってやがる。さっさと金を出しやがれ」

怖がる振りもなく話し合う分銅屋仁左衛門と左馬介に匕首を見せた男がいらだった。

「一つお伺いしますが、どうしてわたくしが金を持っていると」

「清見屋から出てきたろう、金袋を重そうにしながら」

匕首を見せた男が言った。

「清見屋さんを見張っていた」

「あそこは小売りをしていねえ。出入りするのは、清見屋にふさわしい商人ということよ。なら、襲うだけのものを持っているはずだろう」

「いやいや、なかなか目利きでございますな」

「ふざけずに、金を……」

ついに男が匕首を見せるだけでなく、抜いた。

「それっ」

待ってましたと左馬介が薪雑把を持っている男に躍りかかった。

「あっ」

薪雑把を持っていた男が、その動きについていけず、おたおたした。

「ふん」

左馬介が鉄扇《てっせん》を手に持ち、男の左肩を強打した。

「ぎゃっ」

肩を砕かれた男が苦鳴《くめい》とともにうずくまった。

「一助《いちすけ》」

匕首の男が仲間の顛末《てんまつ》に驚愕した。

「おりゃ」

左馬介は振り返りざまに鉄扇を投げた。

「…………」

まともに顔面へ鉄扇を喰らった男が、折れた歯を撒《ま》き散らしながら気を失って倒れた。

「刃物を抜くということは、やられても文句は言えないのですよ」

冷たく分銅屋仁左衛門が男を見下ろした。

「さて、あとはその御用聞きが来るのを待ちましょうか」

分銅屋仁左衛門が口の端を吊りあげた。

第二章　盗みの理屈

一

人混みを嫌って、大川《おおかわ》沿いを歩いていた分銅屋仁左衛門と左馬介は二百両の金を狙って来た二人の男を撃退した。

「死んでませんか、これ」

口から鉄扇《てっせん》を生やしている男を見ながら分銅屋仁左衛門が左馬介へ確認した。

「加減はしたから、大丈夫なはずだが……」

やり過ぎたかと左馬介が自信なさげに言った。

「まあ、どうにかなるでしょう」

分銅屋仁左衛門が男から目を離した。

「しかし、遅いですね、この辺りの御用聞きは」

「それだけ、無事なところなんだろう」

あきれる分銅屋仁左衛門に左馬介が答えた。

浅草などは毎日のようになにかある。喧嘩《けんか》、掏摸《すり》、女へのいたずら、万引き、脅し、強請集《ゆすりたか》りなど一日で何件も起こる。それほどではないが、刺したの刺されたの、強姦《ごうかん》、誘拐、盗賊、斬り盗《と》り強盗も珍しくはない。さすがに人殺し、世に言う下手人《げしゅにん》はそうそうは出ないが、御用聞きは朝から晩まで走り回っていた。

「後日にしますかねえ。そろそろ帰らないと喜代に叱《しか》られますし」

分銅屋仁左衛門が嘆息《たんそく》した。

「それはかなわぬの。昼餉《ひるげ》のおかずが減る」

喜代の報復は、地道に左馬介の胃と心に効いた。

「行きましょうか」

「ちょっと待ってくれ」

誘う分銅屋仁左衛門に手を出しながら猶予《ゆうよ》を求めた左馬介が、意識はあるが痛みからうずくまったままの一助と呼ばれた男に近づいた。

「逃げられては、また碌《ろく》なことをしないだろう」

「ひっ、助けて」

言った左馬介に一助が怯《おび》えた。

「なあに、両足の踝《くるぶし》を外すだけだ。医者でも按摩《あんま》でも骨接《ほねつ》ぎでも頼めば戻してくれる」

「や、やめてくれ」

「他人の頭を棒で殴る。大怪我《けが》は確定、下手《へた》すれば死ぬ。わかっていたんだろう」

感情のこもらない声で左馬介が告げ、素早く両足首を押さえ、くいっとひねった。

「ぎゃあああ」

一助が絶叫をあげた。

「……こっちは、もっと質《たち》が悪いのでな」

気を失っている男に手をかけた左馬介は、両足の太股《ふともも》をひねって、股関節を外した。

「待たせた」

「お見事でございますな」

終わったと言った左馬介に分銅屋仁左衛門が感嘆した。

「日雇いをやっていると、いろいろとあるのだ。人足同士で喧嘩とかな。そこで怪我をさせてしまうとしばらく休まなければならなくなるだろう。それこそ下手をすれば人が死にかねない」

「たしかに。鉄扇も」

「力の入れかたさえ加減できれば、二日もすれば動けるようになる。なにより刀だと抜いたらそれで終わりだからな」

「血を見るまで終わらない」

「違う、違う。浪人はそんな危ない奴《やつ》ばかりではないぞ。というより刀が竹光《たけみつ》でないことのほうが少ないからな」

　左馬介が手を振った。

「頭に血が上ったとはいえ、すぐに刀に手をかけるような危ない奴は使えまい。普請《ふしん》の現場だぞ。親方や職人が神さまで人足なんぞ土芥《つちあくた》扱いだ。やることをまちがえれば、玄能《げんのう》が飛んでくる、殴られる、怒鳴られるなど日常。短気な浪人が耐えられる状況ではない」

「たしかに」

　分銅屋仁左衛門が認めた。

「ちょっとお待ちを」

少し歩いたところで、二人を止める声がした。

「昼餉がすんだら湯屋《ゆや》へ行ってきてくださいな」

「いいのか。半刻（約一時間）ほど遅くなっているが」

声を無視して二人は話を続けた。

「こちらの都合でございますからね。申しわけありませんが、長屋での仮眠はご辛抱いただくことになりまする」

「大丈夫だ。湯屋から戻って少し寝させてもらう」

「聞こえなかったのか、おまえら」

後ろからの声が尖《とが》った。

「どちらさまで」

振り返った分銅屋仁左衛門が面倒くさそうに問うた。

「こういう者で」

御用聞きが十手《じって》を見せた。

「鍛冶《かじ》職人さんでございますか。あいにく、鉄は不要で」

「……ふざけたことを」

「落ち着け」

御用聞きが気の短い配下を抑えた。

「御上《おかみ》の御用を承っている治右衛門《じえもん》と申しやす」

「さようでございましたか。十手を見せられても、それを売りたいのかとしか思えませんので」

分銅屋仁左衛門が嫌味を返した。

「なんだと、小網町《こあみちょう》の治右衛門親分の顔を知らねえなんぞ……」

「わたくしどもは浅草の者でございますので」

また絡《から》みかけた配下を分銅屋仁左衛門がいなした。

「下がってろ、助安《すけやす》」

「……へい」

治右衛門にたしなめられた助安という配下が従った。

「で、その親分さんがわたくしどもに、なんの御用が」

「ちょっと番屋までつきあってもらいたい」

相手にしてはいけないと言われていても、二人の男をたたきのめしている。御用聞きの面目にかけて、分銅屋仁左衛門と左馬介から事情を聞かなければならなかった。

「わけをお聞かせいただきたいですな」

「先ほど、男二人をたたきのめされたことで」

「はて、諫山さま、なんのことかおわかりですか」

「まったく」

このあたりの遣《や》り取りにも慣れた。左馬介が動揺も見せず首を横に振った。

「ふざけるねえ。そこで……」

「よろしいので」

ふたたび喚《わめ》きだした助安を相手にせず、分銅屋仁左衛門が治右衛門に問うた。

「なにがよいと」

治右衛門が戸惑った。

「あの二人が話をしているのを偶然耳にしましたが……清見屋さんを見張っていたそうでございますよ。清見屋さんに出入りするのは金のある商人だけ。襲えば絶対金になると」

「……見張っていた」

言われた治右衛門の顔色がなくなった。

「清見屋さんとは親しくさせていただいておりますので、のちほどお気を付けくださいとお伝えするつもりでおりました」

「…………」

治右衛門が言葉を失った。

強盗をするような無頼《ぶらい》が店を見張っており、出入りの客に迷惑がかかっていたとなれば、清見屋の評判は落ちる。

「なんのために気遣いをしているのだ」

当然、その怒りは出入りをしている町奉行所の役人に向けられる。とくに日頃からつきあいのある御用聞きに不満は向けられる。

「あの二人は、親分さんが捕まえられた。となれば清見屋さんもご安心なさいますな」

「……まことに」

「親分っ」

引き際を知っている治右衛門が話を終わらそうとしたが、助安が口を出そうとした。

「黙ってろ」

冷たく治右衛門が助安を封じた。

「どうぞ、お帰りを」

「はい。諫山さま参りましょう」

「承知」

左馬介が首肯《しゅこう》した。

「……あれでよかったのか」

少し離れてから左馬介が問うた。

「ええ。清見屋さんにも加わってもらいませんとね。わたくしと主殿頭《とのものかみ》さまだけでは、どうしても手が足りませんから。ああ言っておけば、御用聞きも清見屋さんをちゃんと守りましょう。万一のことがあっては困りますから」

「清見屋どのが襲われると」

左馬介の声が低くなった。

「日本橋で騒動を起こしたら、町奉行所が黙っちゃいないだろう」

江戸の顔でもある日本橋は、東海道を使う参勤交代の列がかならず通る場所でもある。そこで大がかりな強盗でも起きれば、幕府の名前に傷が付きかねなかった。

「日本橋は逃げ出すのに便利なところでもあるのですよ。わずか二里（約八キロメートル）で品川宿、町奉行所は手出しできません」

分銅屋仁左衛門が首を横に振った。

「店が恥だと表沙汰《おもてざた》にしてはいませんがね、かなりあちこちが被害に遭っているようですよ。もっとも多いのは店のものを持って逃げ出すというやつらしいですが、数年に一度は夜中に盗賊が出るそうですよ」

「金を奪って、そのまま品川へか。品川の手前には大木戸があるんだろう」

ふと左馬介が思い出した。

「ああ、高輪《たかなわ》の大木戸でございますな。あれは日暮れから夜中まで閉め切っておりますけど、それは街道だけのこと。少し外れれば、なんの障害もなく通り抜けられますよ」

「形だけか」

「昔は厳しかったそうでございますがね。品川まで遊びにいって、夜中に戻る客の便を図るため、品川の宿場から大木戸番に付け届けが出され、通行を見て見ぬ振りをするようになったとか」

「先代さまのご遺訓は不要な気がしてきたわ。すでに御上も金に飼われているのではないか」

左馬介があきれた。

「実際はそうなのですがね、やはり表向きというのは根強いのですよ」

分銅屋仁左衛門が苦笑を浮かべた。

二

分銅屋の財は浅草でも指折りであった。

持ち金を貸すだけではなく、蔵に寝かしていても増えないと近隣の豪商が出資した金も使用していることもあり、多くの客を抱え毎年資産は増え続けていた。

「どうにかせねばならぬのう」

浅草寺《せんそうじ》の末寺《まつじ》を名乗る宿院の奥で、住職と檀家《だんか》総代という商人が難しい顔で相対していた。

「最近、金を借りに来る者が減っておる」

「先月は誰も参りませんでした」

住職の苦い顔に、商人が顔を見合わせた。

「分銅屋か」

「でしょう」

顔をゆがめて二人がうなずきあった。

「なぜ、当院を訪《おとな》う者が減り、分銅屋がはやる」

「利が違いすぎます」

住職の不満に商人が答えた。

「もう少し下げられませぬか」

商人が住職へ訊いた。

「できぬ。利は近隣の寺院で相談して決めたものじゃ。当院だけ勝手に下げるなどというまねをしようものならば、それこそ袋だたきぞ」

住職が強く拒んだ。

「いけませぬか」

「無理だとわかっておろうが。それとも当院に借財を申しこんできた者どもへ貸す金をすべて、そなたが用意すると言うのか。ならば、かまわぬがな、備前屋《びぜんや》」

それができれば話は変わるという商人に、住職が嘲笑《ちようしよう》を浮かべた。

「…………」

備前屋と呼ばれた商人が黙った。

「当院で用意できる金はいくらだ」

「わたくしを合わせて二千六百両ほどかと」

住職に問われた商人が告げた。

「それを分銅屋の利に合わせて貸したとして、年利一割では二百六十両にしかならぬ。それでは二百両しか、手元に入らぬ」

二百六十両の利は二百両が寺院、六十両が備前屋だと住職が述べた。

「本山への上納金は当院の取り分の半分、百両。他寺で多いところは五百両納めているという。とても百やそこらでは立身して本山の執行者《しつぎょうじゃ》に名前を連ねることはできぬ」

末寺の僧侶で終わる気はないと住職が言った。

「そなたもそうじゃろう。六十両では吉原《よしわら》へ通うわけにもいくまい。太夫《たゆう》は一夜で十両以上かかる。六十両で執心の霧雲《きりくも》太夫を落籍できるか」

「無理でございますな」

備前屋も同意した。

「であろう。なれば本山から元を預からねばならぬ。その元に一割五分の利が付いておるのだ。二割以上の利を取らねばやっていけぬではないか」

「ですが、借りる客がなければ利は稼げませぬ」

備前屋が正論を口にした。

「他の末寺はどうだ」

「大名貸しでどうにか回しておるようでございます」

「なぜ、それがここではできぬ」

「当院は最初から大名貸しではなく、商家貸しを主として参りましたからで」

首をかしげた住職に備前屋が答えた。

「なぜ大名貸しにしなかったのだ」

「先代住職さまが、大名貸しは元が返ってこぬが、商家貸しならば元の代わりに店や品物、娘などを取りあげることができると」

怒鳴る住職に備前屋が弁明した。

「……先代がか」

苦い顔で住職が怒りを呑《の》みこんだ。

大名貸しと呼ばれるものは、金額が大きく一年期限が通常であった。また、金に細かいという評判を嫌う武士は、金利を言われるがままに受け入れることが多く、交渉は簡単にすむ。その代わり、期限が来たところで元金を返すことはまずなく、金利分だけを納めて、もう一年期限を延ばすことがほとんどであった。

儲《もう》けが大きく、交渉が楽と良いことずくめに見えるが、大名貸しには二つ大きな欠点があった。一つは大名が幕府から咎《とが》められて潰《つぶ》れてしまったときである。改易《かいえき》は将軍の命であり、その大名の領地、城、屋敷、財産のすべては幕府のものになった。

「金を貸しておりました」

「借りた者に言え」

証文を持って訴え出たところで、幕府は相手にしてくれない。しかも改易の時期によっては金利さえ取り立てることができなくなった。

次が倹約令であった。

これは武家の借財が大きすぎ、このままではやっていけなくなると幕府が懸念《けねん》を強くしたときに出されるもので、贅沢《ぜいたく》を禁じ、参勤交代などの軍役が軽減される。

なかでも八代将軍吉宗の施策で、一万石につき百石の米を幕府に納めたら参勤交代で江戸に滞在する期間を半分にするとした上米令《あげまいれい》が厳しかった。

諸色《しょしき》の高い江戸での滞在が減れば、大名の支出は大きく減る。そうなれば倹約令とも相まって、世間の景気が悪くなった。

景気が悪くなれば商人が苦労するのは当たり前である。他に寺社へも影響が出た。

「これでお願いを」

先祖の年忌などの法事でもらえる布施《ふせ》は、決まった値段などない。出すほうの気持ち次第である。当然、景気が悪くなれば包まれる金は減る。

「精進落としは、自宅でいたしまするので」

さらに法事の後の精進落としという名の宴もなくなる。

「さようでございまするか」

寺としては受け入れるしかないが、精進落としは膳《ぜん》を担当する料理屋からの上納金の他、本堂あるいは庫裏《くり》の使用料など、入るはずの金がなくなってしまう。

もっと細かいところまでいけば、参拝客が払う賽銭《さいせん》が減ったり、出さなくなる。

こういった恐れが大名貸しにはあった。

一応、幕府は金貸しの金利は一割八分までと認めている。だが、ほとんどの寺社がおこなっている大名貸しは二割以上と高い。寺社は幕府の庇護《ひごか》下にあるからこそ、黙認されているが、大名たちの困惑次第では変わるかも知れないのだ。しかし、一度覚えたうまみを失うなど誰も思っていない。

「二割はちょっと」

最近、商人たちが高利に不満を持ち始めている。

「では、他で」

金利は下げられないと拒めば、あっさりと引いていく者も増えていた。

「こちらしかおすがりするところがなく」

それでもかまわないと借りていくのは、他に貸してくれるところがなくなった危ない店であった。

「なんとかいたせ」

「……なんとかとは」

備前屋が具体的な指示を求めた。

「一々言わせるな。わかるだろう」

「わかりませぬ。勝手なことをして、後で叱られては」

住職の逃げを備前屋は認めなかった。

「むっ」

「…………」

あからさまに機嫌を悪くしたぞと住職が睨《にら》んだが、備前屋も負けなかった。

「分銅屋をどうにかせよ」

「どうにかとは」

「ええい、気を回さぬか。商人であろう」

「商人なればこそ、はっきりとさせなければなりませぬ」

備前屋が言い返した。

「分銅屋の菩提寺《ぼだいじ》に供養をくれてやれと申しておる」

それでもまだ住職は遠回しな表現をやめなかった。

「それは分銅屋を殺せと」

「…………」

今度は住職が黙った。

「お答えをいただけませぬか。では、これにて」

「うむ。しっかりとな」

立ちあがった備前屋に住職が理解したかと満足げな顔をした。

「長らくおつきあいをいただきましたが、これにてご縁はなかったこととさせていただきまする。お貸ししている金はのちほど番頭を遣わしますので貸方証文にて決済させていただきまする」

備前屋が決別を宣言した。

「な、なにを」

住職が驚愕《きょうがく》した。

「しくじったときの責を押しつけ、知らぬ顔をなさろうとは、あまりに虫が良すぎまする」

「ま、待て。わかっておるのか。当寺と縁を切れば、もうどこの寺社もそなたを受け入れてくれぬぞ。金貸しができなくなる」

「大事ございませぬ。金は分銅屋に持ちこみましょう。一割と少ない利で貸しておりますので、こちらへの配当も五分ほどでしょうが、それでもこちらさまよりまだましし」

備前屋が今までの苦情もぶちまけた。

「儂《わし》に手向かえば、地獄に墜《お》ちるぞ」

「死んだ後のことを考える余裕はございませぬ。明日の儲けを心配せねばなりませぬ」

脅しも備前屋は一蹴《いっしゅう》した。

「どうしてもか」

「はい」

「…………」

強く首肯された住職が沈黙した。

「もう、よろしいかな。同じ船にさえ乗らぬお方のお指図など御免でございまする」

「はっきり言えと」

「一蓮托生《いちれんたくしょう》でなければ、御免こうむりまする」

まだ二の足を踏んでいる住職を、備前屋が突き放した。

「……わかった」

ようやく住職が肚《はら》をくくった。

「分銅屋を涅槃《ねはん》へ送れ」

「やりましょう。ですが、わたくしではできませぬ。人を雇うことになりまするが、その費用も折半でお願いいたしまする」

「やむをえぬ」

嫌だと言えば、また話は終わってしまう。

「あと、成功した場合、今後の取り分も五分五分でお願いいたしまする」

「高望みは身を滅ぼすぞ。儂がそれを認めても、他の者に知れたら……」

寺院同士は本山での地位を争ってはいるが、利権に食いこんでくる者への抵抗では結束する。

「欲張りすぎましたか。ですが、少しはお考えを」

備前屋があきらめずに願った。

「うまくいけば、考えてもよい」

住職がしっかりと逃げた。

三

浅草はその背後に吉原という江戸、いや天下一の遊郭《ゆうかく》を抱えていることから、完全に眠りに落ちることはなかった。

「妓《おんな》が離してくれねえから、腰を使いすぎた。ちいと小腹が空《す》いた」

「酔いが覚めちまった」

吉原から江戸の市中へ戻る経路でもある浅草には、そういった遊客《ゆうかく》を相手にする煮売りの屋台が多く出ている。

なかには店を構え、女中とは名ばかりの女を置いて、酔った遊客を二階で接客するようなところもあった。

「……腹に響くな、あの匂《にお》い」

「黙れ、目立つな」

そんな店の提灯《ちょうちん》が作り出す灯《あか》りを避けるようにして、五人の浪人が暗闇《くらやみ》を進んでいた。

「……あれだ」

先ほど仲間をたしなめた頭分《かしらぶん》らしい浪人が、商家を指さした。

「小さいな。金があるのか」

最初に文句を言った浪人が疑問を口にした。

「三日前に荷が入ったのを見ている」

「荷じゃ、金にならんぞ」

大柄な浪人が文句を口にした。

「あそこは灘《なだ》の酒を売る店だ」

「おほっ、酒か」

頭分の言葉に文句を言っていた浪人が身を乗り出した。

「酒を盗むわけではないぞ、佐貫《さぬき》」

「……酒屋に金があるのか」

佐貫と言われた浪人が頭分に問うた。

「灘の酒がどうやって売れるのか、考えてもおらぬの」

「客が来て買っていくのだろう」

頭分にあきれられた佐貫が当たり前のことだと手を振った。

「その辺の酒ならそうだろうが、灘の酒は上方《かみがた》から船で運ばれてくる。それが相模《さがみ》や上野《こうずけ》あたりで造られる酒と同じ値段であるはずなかろうが」

「そこまでして江戸へ運ぶということは、灘の酒はうまいのだな」

佐貫が興奮した。

「…………」

どうしようもないと頭分が嘆息した。

「ようは高いと思え、灘の酒は。その高い灘の酒を、その辺の町民が買えるか」

「無理だな」

頭分に問われた佐貫が首を横に振った。

「そうだ。店に並べても売れないものを仕入れる。その意味は」

「買い手が決まっている……か」

佐貫がようやく理解した。

「田坪《たつぼ》」

頭分が黙っていた小柄な浪人を呼んだ。

「一昨日に三樽《たる》、昨日八樽出ていった」

「見張っていたのか、おぬし」

告げた田坪に、佐貫が驚いた。

「合わせて十一樽。今日も出ただろうから、およそ二十樽分の金額が、店にはあるはずだ」

「どれくらいになる」

佐貫が目つきを変えた。

「わからんが、我らが呑んでいる一合で三十文ほどの安酒でも四斗樽だと二両になる。灘の酒ともなると、その倍は固い。四両で二十樽となれば八十両、他の酒の売り上げもあるだろうから、まず百両は欠けまい」

頭分が予想した。

「一人二十両か。吉原でかなり居続けられるな」

「儂《わし》は女より飯だ。それだけあれば当分腹一杯飯を喰《く》える」

浪人たちが興奮した。

「分け前から刀の研ぎ代として渡した一両は引くぞ」

「吝《しわ》いの」

「そう思うならば、次からは誘わぬ」

ぼやいた佐貫に頭分が冷たく宣告した。

「そう言うな。悪かった、水川《みずかわ》氏」

佐貫があわてて頭分に謝った。

「次はない。今度指示に従わなかったら、二度と誘わぬ、いやつきあいを切る」

「すまぬ、すまぬ」

顔色を変えて佐貫が何度も頭を下げた。

浪人というのは厳しい。頼りになる親戚《しんせき》でもなければ、病になったり仕事にあぶれたりしたら詰む。そんなとき、わずかながらも手助けになるのが浪人仲間であった。

もちろん、浪人同士である。金での援助などは望めないが、しばらく顔を見ないとなれば様子くらいは見に来てくれる。またいい仕事があるときに声をかけてくれることもある。一人暮らしの浪人にとって、仲間は世間との繋《つな》がりでもあり、生きていく縁《よすが》であった。

「皆、いいか」

「ああ」

「こちらはよいぞ」

水川と言われた頭分の確認に、仲間が首肯した。

「店にとって百両はさほどの痛手ではない。もちろん町奉行所へ届け出るだろうが、そこまで必死に捕まえてくれとは願うまい。それより騒がれるほうを嫌がるだろう」

商人にとって金より大事なのが評判であった。

「ただし、それは金だけでことがすんだときだ。もし、女中に無体をしかけたり、奉公人を殺傷した場合はそうはいかぬ。店も怒るがなにより御用聞きが血相を変える」

もう一度念押しに水川が言った。

「いうまでもなし」

田坪が首を縦に振った。

「よし、行くぞ」

水川の合図で浪人たちが、店へと押し入った。


浅草の縄張りは五輪《いつわ》の与吉《よきち》から、布屋《ぬのや》の親分のものへと変わっていた。

御用聞きの縄張りというのは、そうそう変わるものではないが、代替わりなどもあり親分の交代は珍しくはなかった。

それでも代替わりしたばかりのときは、周囲の目を気にしなければならない。

「新しい親分は頼りない」

「前の親分がよかった」

悪評が流れれば、縄張りを抑えられなくなる。当然、出入りとして金を出してくれる商家たちも減る。

金回りが悪くなれば、配下たちを養うことができなくなり、人手不足になった縄張りの治安はより乱れる。

まさに悪循環であった。

「えびす屋に強盗が入っただと」

夜中にたたき起こされた布屋の親分は、すぐに集められるだけの手下を連れてえびす屋へ向かった。

「幸い、店の者は無事でございました。被害はここ十日ほどの売り上げ、合わせて九十六両でございまする」

「怪我人はなしか。不幸中の幸いだな」

えびす屋の話に、布屋の親分が安堵《あんど》した。

「なにかわかっていることはあるか」

布屋の親分が事情を問うた。

縄張りでなにかあったら、御用聞きは手札《てふだ》をくれている旦那という町奉行所の役人へ報告をする。

とはいえ、掏摸《すり》だ、喧嘩だなど一々報《しら》せていては、町奉行所の役人がたまらない。

「細けえことなんぞ、要《い》りゃあしねえ。大事なことだけ報せてこい」

町奉行所の役人である与力、同心に出世はまずなかった。ごくまれに大手柄を立てた同心が与力に取り立てられたことがあるくらいで、普通は先祖代々の役目を引き継いで、子に譲っていく。ただ、手柄を立てれば筆頭同心になったり、余得の薄い役目から多い定町廻《じょうまちまわ》りや年番方《ねんばんかた》へ移ることができる。

町奉行所の役人もまた手柄を求めていた。

「今回のは下手人でもねえし、百両足らずでえびす屋も騒ぎにはしたくない。そこであるていどの目処《めど》が付くまで旦那のお出張《でば》りは願わねえ」

盗賊が出たことは報せても、臨場を要求しないと布屋の親分が決めた。

「みょうな浪人を見なかったかを訊いて回れ」

手下を散らした布屋の親分は、その足を分銅屋へと向けた。

「御免を」

「おや、布屋の親分さん。どうなさいました」

番頭が気づいて、近づいた。

「昨夜、その先のえびす屋さんに強盗が入ったんでやすが」

「朝から騒がしいと思ったのは、それでしたか」

布屋の親分の話に番頭が応じた。

「それで諫山さんにお伺いをと」

「少しお待ちを」

番頭がうなずいて、奥へと引っ込んだ。

「旦那さま、布屋の親分さんがお見えで、諫山さまにお目にかかりたいと」

「諫山さんに……」

分銅屋仁左衛門が怪訝《けげん》な顔をした。

「なにもしておらぬぞ」

左馬介が手を振った。

「それはわかってますが……まあ、いいでしょう。わたくしも同席しますよ」

分銅屋仁左衛門が店へと進んだ。

「……こいつは分銅屋のご主人」

上がり框《かまち》に腰をかけていた布屋の親分が分銅屋仁左衛門に気づいて、あわてて立ちあがった。

「朝早くから御用かい、ご苦労さまだね」

「すいやせん」

嫌味を言われた布屋の親分が、頭を下げた。

「で、諫山さんになにか」

分銅屋仁左衛門が問うた。

先日、左馬介に下手人の疑いを持ってしつこく追いかけ回していたもと南町奉行所同心佐藤猪之助《さとういのすけ》の敵討《かたきう》ちと、五輪の与吉が馬鹿をやったばかりである。その五輪の与吉の後釜《あとがま》に布屋の親分を推した分銅屋仁左衛門だったが、御用聞きへの不信は強い。

「そこのえびす屋さんが浪人と見られる連中に襲われやして、昨夜お見廻りのときなどになにかお気づきのことはないかと」

布屋の親分は左馬介がきっちりと深夜店の周囲の見廻りをすることを知っていた。

「昨夜か、八つ（午前二時ごろ）と七つ（午前四時ごろ）に廻ったが、なにも気づかなかったな」

左馬介が首を横に振った。

「さようでござんすか」

布屋の親分が落胆した。

「のう、布屋の親分、浪人と決まったのか、その盗賊どもは」

「店の奉公人が太刀《たち》で脅されたそうで」

「太刀くらい、簡単に手に入ろう」

喰えなくなった浪人が太刀を手放すのは当たり前の行為で、借財の形《かた》として博打場《ばくちば》に太刀を置いていく浪人も多い。

「それが夜目にもわかるほど、手入れされていたそうで」

「ふうむ。それこそ浪人じゃなかろう。浪人に太刀の手入れをする余裕などないぞ」

左馬介が首を左右に振った。

「諫山さまの太刀も……」

「これは違うぞ。分銅屋どのからいただいた太刀の形をした鉄棒よ。父より譲られた太刀はあるが、さほど手入れはしておらぬ。さすがに錆《さ》びさせはしないが、研ぎを入れてはいないし、打ち粉も打っていない。買う金がなかったからな」

苦笑しながら左馬介が応えた。

「かといってどこぞのご家中《かちゆう》が酒屋を襲うとは思えませんね」

「絶対ないとは言えぬが、もし表沙汰になったら己《おのれ》の腹一つでは終わらぬでな。藩ごと潰されることになる」

不始末をしでかした家臣は、すでに放逐《ほうちく》ずみか、最初からいなかった者として、藩への影響を避けるのが慣例となっているが、さすがに世間の噂《うわさ》までは避けようがない。

「あそこの家臣が強盗を働いたらしい」

この噂一つで、姫の嫁入り先はなくなり、正室を迎えることも難しくなる。武士の連座はいまだに続いており、姻族になると巻きこまれてしまうからだ。

「縁を切らせてもらう」

「おつきあいは今後ご遠慮願おう」

一族、知り合いとの間もまず断たれる。

こうなれば、大名としてやってはいけなくなる。

「ふさわしからず」

下手すれば、理由らしい理由もなく役目を罷免《ひめん》されたり、転封《てんぽう》、減封、改易という羽目にもなった。

「なかなか藩士の身分で強盗はできぬ」

「押し借りはありますがね」

否定した左馬介に、分銅屋仁左衛門が口の端を吊《つ》りあげた。

押し借りとは、武士という身分をたてにして、担保や利子、返済期限などを無視して金を借りようとすることで、ようは脅しであった。

「あるな」

何度もその手の輩《やから》を追い返している左馬介が苦笑した。

「お大名さま自体がなさることもございますし」

分銅屋仁左衛門が言ったのは、左馬介の父が仕えていた会津藩《あいづ》や御三家の水戸《みと》家のことである。

「おっと話がずれましたな」

論点が変わったことを分銅屋仁左衛門が詫《わ》びた。

「しかし、浪人で手入れの行き届いた刀とは……」

「旦那さま」

番頭が声をあげた。

「どうしたんだい」

普段、口出しなどをしてこない番頭の態度に、分銅屋仁左衛門が首をかしげた。

「少し思い当たることがございまする。先日研ぎ師のお方が小判を銭に……」

番頭が語り始めた。

四

大名にとってなにが負担かといえば、お手伝い普請《ぶしん》に極まる。

「寛永寺《かんえいじ》の山門を建て替えよ」

「江戸城の堀の底を浚《さら》え」

幕府はときどき思い出したように、諸大名に仕事を命じる。とはいえ、一文の金も出さないし、無事に果たしたからといって加増などはない。

「大儀であった」

「これを取らせる」

言葉一つが普通であり、運が良くても将軍の身につけていた羽織一枚くらいをもらって終わる。

「かたじけなき仰せ」

なにより普請の費用、人足の手配などをすべて押しつけられるとわかっていながら、名誉だとして感謝しなければならないのが苦痛であった。

かつて赤穂浪士《あこうろうし》事件の発端となった赤穂浅野《あさの》家の勅使《ちょくし》接待がその例ともいえる。お手伝い普請ではないが、やはり金もち、道具もち、人もちのお手伝いである、毎年朝廷から出される年賀答礼使の勅使、院使の接待は五万石内外の大名が命じられた。いうまでもないが、五万石内外の大名がもっとも多く、勅使、院使接待は大名一代の間に一度あるかどうか、いやないのが普通であった。

その接待役に赤穂浅野家の当主浅野内匠頭長矩《たくみのかみながのり》は二度当たった。

「大名一代の間に一度というのが慣例でございまする」

さすがに金と気をすり減らす接待役の二度目は勘弁してくれと、内々に浅野家から幕閣へ取り下げの願いを出したが、

「二度がないと決められているものではない。一代の間に二度もお役を承《うけたまわ》る。上様のご信頼が厚いとの証《あかし》である。名誉ぞ」

老中は浅野家の嘆願を振り払った。

その結果が、松の廊下の刃傷《にんじょう》から、吉良《きら》邸討ち入りにいたる騒動を生んだ。もし、二度目のお役目を幕府が浅野家の願い通りに変えていれば、あの事件は起こらなかった。

幕府のお役という圧が、浅野内匠頭を追いこんだ。

それほどお手伝いというのは、大名にとって厳しいものなのだ。

まさに役ではなく厄と陰口をたたかれるお手伝い普請や勅使接待だが、それをしなくていいという格別扱いの家柄もあった。

徳川家の親藩《しんぱん》である。

御三家はいうまでもなく、家康《いえやす》の次男秀康《ひでやす》を祖とする越前松平《えちぜんまつだいら》家とその分家、そして三代将軍家光《いえみつ》の異母弟を初代とする会津松平家などは、お手伝いを課せられないとされていた。

だが、これは明文化されたものではなかった。

「将軍家に連なるお血筋にお手伝いはふさわしからず」

「お手伝いは臣下のすることである」

ようは執政《しっせい》たちが、徳川家康の血筋に遠慮しただけであったし、当初はお手伝いが徳川に抗《あらが》っていた過去を持つ外様《とざま》大名たちへの嫌がらせであったことにも由来する。

しかし、それも代を重ねると話は変わる。

有力な外様大名には、将軍の姫や息子が押しつけられ、その血に徳川が入っていく。

実際、外様大名最高の百万石という大禄《たいろく》を誇る加賀《かが》の前田家や三十一万五千石の備前《びぜん》池田家などは、二代将軍秀忠の姫を正室に迎え、その産んだ子供が跡を継いでいる。

加賀藩前田家にいたっては、三代将軍家光から養子として迎えるという話まででたほどで、今では殿中座席では御三家、越前松平家と並んで大廊下《おおろうか》詰めの格式を与えられている。

それでも加賀藩前田家にはお手伝い普請が命じられる。

「当家もご一門でございまする」

こう加賀藩から言われれば、幕府も答えに困る。

「加賀藩を外すか」

「それはまずかろう。加賀藩をご一門として認めれば、池田や他の大名どもがうるさくなる。加賀が認められるならば、当家もと」

当然のことながら、幕府は門戸を広くしたがらない。法でも慣例でも習慣でも、一つの前例がすべてを崩す蟻《あり》の一穴《いっけつ》になるとわかっている。

「どうであろう、神君《しんくん》家康さまのご直系以外にお手伝いを命じるようにいたすのは。どこか一家でもよい。どこかご一門にお手伝いをさせることで、加賀らの口は封じられよう」

「なればちょうどよい家がござる」

「どこかの」

「会津でござる。かつて会津は三代将軍家光公の弟君によって立てられ、その始祖たる肥後守《ひごのかみ》どのは大政委任《たいせいいいにん》という重役をこなされるほど幕府に尽くされた。また民へも仁をもって当たられ、領内はよく治まっており申した。それが昨今、御上へのご奉公はお家柄難しいのはわかりまするが、領内の政《まつりごと》よろしからず、一揆《いっき》などが頻発しておるとか。それでいてお預かり領の南山《みなみやま》領を下賜《かし》願いたいと……」

老中たちの間で会津の評判は悪い。かつて老中たちを抑えた大政委任という幕政最高の役にあったことがいまだに尾を引いていた。

幕府は厳重な区別を設けていた。

たとえば、譜代《ふだい》と外様の区別である。関ヶ原の合戦よりも前に徳川家に臣従していた者を譜代、それ以降に膝《ひざ》を屈した者を外様と呼び、幕府の役職に就けるか就けないか、城中での格式などで厳しい差を設けていた。

そして譜代のなかにも、その格差はあった。

老中になれるかなれないか、幕政を、天下を動かす執政になれる者はおおむね五万石で、城主であること、そして徳川の一門は除外と決まっていた。

徳川の一門という名と執政という権が重なる怖《おそ》ろしさを徳川家康、秀忠《ひでただ》は知っていた。それを三代家光が破ってしまった。たしかに異母弟保科《ほしな》肥後守正之《まさゆき》が有能であったというのもある。また小大名から引きあげてくれた兄への忠誠も厚かったというのもある。

「頼む」

家光は死に瀕《ひん》して息子で四代将軍になるはずの家綱《いえつな》の傅育《ふいく》と補佐を預け、大政委任、あるいは大政参与という老中たちより格上になる地位に就けた。

家光の子供と末弟への想いが幕政に大きなゆがみを残してしまった。

一門を執政にしてはならぬ、それを老中にしてはならぬと言い換えたことで、老中をこえる大政委任あるいは大政参与という役目を生んだ。

老中になれる家柄という規定は守っている。これがそのまま残り、五代将軍綱吉《つなよし》の寵臣柳沢美濃守吉保《ちょうしんやなぎさわみののかみよしやす》は老中にはなれず、老中格あるいは執政の任を兼任する側用人《そばようにん》というわけのわからない役目から、大老へと出世した。

老中になれなかったのに、なぜ大老にはなれたのか。

大老は非常の役で常設ではなく、そもそもが先代将軍のころから老中を務め、現将軍にも平気で意見できる老臣をうるさく思った家光が、功績ある土井大炊頭利勝《どいおおいのかみとしかつ》、酒井雅楽頭忠世《さかいうたのかみただよ》らを執政から排除するために設けたものであった。

「長年の精勤を愛《め》で、参与の任に就ける。日頃は執務に参加せずとも良い。躬《み》や執政たちから諮問《しもん》あるときだけ登城いたせ」

うるさい年寄りを退けるためにできた大老という役目は、その後四代将軍家綱《いえつな》の信を得た酒井雅楽頭忠清《ただきよ》が老中を経てその座に就き、幕政を壟断《ろうだん》した。

その後も五代将軍綱吉の誕生に尽力した堀田筑前守正俊《ほったちくぜんのかみまさとし》や寵臣柳沢美濃守吉保が大老格となったりしたことで、その職は老中ほど厳密な資格が不要となってしまっており、将軍の望み次第でいつ誕生しても不思議ではなくなっていた。

「初代が政にかかわったことを理解し、ずっと保科のままでいたことを忘れ果てているな」

保科正之は家光の寵愛を受けてはいたが、しっかり分をわきまえていた。

「松平の姓を与える」

何度も、何度も家光からそう言われながらも、一代の間は保科の名前を使い続けた。

将軍家光の弟ではなく家臣であると言い続けた保科正之の気遣いは、二代目が松平の姓を受け取ったことで崩れた。

以降、会津藩主が幕府の役職に就くことはなかった。

「代々お召しがないことの意味をわかっておらぬようじゃな」

「いつまで経《た》っても格別な家柄、家光公の弟君を祖とする名門と考えておる」

老中たちは、厚かましい願いをしてきた会津藩松平家に、灸《きゅう》を据えるとともに、一門といえどもお手伝いはしなければならないという新たな幕府の姿勢を天下に示す好機として、会津藩松平家にお手伝い普請を命じようとしていた。

「一揆で租税の免除をしたばかりで、とてもそのような金はない」

会津藩松平家は内示を受けた段階で戦慄《せんりつ》した。

当たり前のことだが、お手伝いにも格がある。十万石相当のお手伝いを二万石あたりにさせれば、家が潰れる。また、二万石そこそこのお手伝いを十万石にさせれば、当家を格落ちにする気かと反発を受ける。

一万石には一万石の、二十三万石には二十三万石のお手伝いがあった。

「寛永寺山門の建て替えを」

会津藩松平家に打診されたお手伝い普請は、将軍家祈願所でもあり、菩提寺でもある寛永寺山門の建て替えであった。

寛永寺は元号を冠することからもわかるように、勅願寺《ちょくがんじ》であり、門跡《もんぜき》寺院でもある。徳川三代の帰依《きえ》を受けた天海大僧正《てんかいだいそうじょう》の建立《こんりゅう》によるもので、寺領一万石、僧坊三千、学僧三万とうたわれた天下の名刹《めいさつ》であった。

「寺は絢爛《けんらん》を誇るものではなし」

しかし、天海大僧正の意思で建立当時の建物は質実剛健なものとなり、なかでも山門はとても天下の将軍家の祈願寺と思えないほど簡素なものであった。

「ふさわしいものにすべし」

もともとは祈願寺として建てられた寛永寺だったが、三代将軍家光が位牌《いはい》を預けたことで菩提寺へと変わった。事実、家綱、綱吉、そして吉宗が寛永寺に葬られている。

「神君、三代家光公を除いて増上寺《ぞうじょうじ》に二代秀忠公、六代家宣《いえのぶ》公、七代家継《いえつぐ》公のお三方、寛永寺に四代家綱公、五代綱吉公、八代吉宗公がお眠りになられている。寛永寺、増上寺に御霊屋《みたまや》は三つずつ、こうなれば寛永寺も菩提寺とすべきである」

「菩提寺には菩提寺の格がある」

幕閣は吉宗の葬儀を機に、寛永寺をおおきく変える考えに至った。

「将軍家菩提寺にふさわしい山門を任される。一門としての面目も立つであろう」

こう理由を付けられては、会津藩松平家も断りにくい。

「どれくらいの金がかかる」

内示を受けた会津藩松平家はすぐに出入りの大工を呼んで見積もりを取らせた。

「最高の材木を使い、最高の職人にさせる。規模は増上寺の山門に劣らぬものといたせ」

「まず十万両、いえ、十二万両はかかりましょう」

大工の見積もりは会津藩松平家を絶句させた。

なんとか十万両で抑えたとしても、会津藩二十三万石、それに南山領を合わせて二十八万石、本領と南山領では年貢の歩合が違うため、一概に言い切れないが、およそ年貢は十四万石になった。

ここから藩士の禄や扶持《ふち》を引いた残りの六万石内外が会津藩としての収入になる。この金額で国元で政をおこない、江戸の藩邸を維持し、藩主と一門の生活を賄《まかな》う。

会津藩松平家という格式を気にしないのならば、十分とはいわないがやっていける。だが、将軍一門、二十三万石という格式を保つとなれば、かなり心許《こころもと》ない。とても蓄財をするだけはない。

一度冷害でも喰らえば、あっという間に藩庫は底が見える。

会津藩松平家はここ数年不作が続いた。

「将軍家のために当家はあると心得よ」

藩祖保科正之の遺言も会津藩松平家を縛っていた。

「財政が芳しくない。ゆえに暇を取らせる」

他藩ではできる人員整理が会津藩松平家ではしにくかった。

「軍役の人数を割ることは許されない」

保科正之の遺言をそう受け取った歴代藩主、藩老たちは、どれだけ財政が厳しくなろうとも藩士を抱え続けた。

それが財政の圧迫を招いているとわかっていても、原因を取り除くことができない。となれば、財政の好転は不可能であった。

「南山領を預かりから自領に」

会津藩松平家の願いのもとはここにあった。

南山領の年貢は会津藩松平家に入るとはいえ、幕府領には違いない。そのため、南山領の年貢は四公六民であり、ほかの賦役《ぶやく》も会津藩の領地と同じというわけにはいかなかった。

五万石を四公六民から五公五民にするだけで、五千石増える。単純な計算であるが、一石一両でいけば、五千両の増収になる。しかも、そのための経費が不要なのだ。

「会津藩松平家は格別の家柄、願えば叶《かな》うはずだ」

そう考えていた会津藩松平家は、逆にお手伝い普請を言い出された。

まさに藪《やぶ》を突《つつ》いて蛇を出した。それも大蛇を呼び出してしまった。

「お断りを」

格式をたてにしての拒否はできるだろうが、反撃は喰らう。

「御上の手伝いを拒む者に、お預かり領はふさわしからず」

南山領の下賜どころか、取りあげとなりかねない。

「裏で再考を願うしかなかろう」

「なれば、上様のお覚えめでたい田沼主殿頭さまにお願いしよう」

「主殿頭さまにお願いするには金が要る」

会津藩松平家は金策に走った。結果、分銅屋仁左衛門にたどり着いた。

だが、そこまでして集めた金を、田沼意次は突き返した。

「……万策尽きた」

無理しての借財が無駄になった。

「返済しよう」

望みは叶わず、手元には借りた金だけが残った。普通ならば、金を返済する。

借財は利子が付く。返すのが遅れれば遅れるほど利子が増え、膨れ上がっていく。

利の安い分銅屋仁左衛門でも、元利を返さないと百両は一年で百十両に、二年で百二十一両へと積み重なる。もちろん途中での返済は日割りで計算されるが、一日、二日くらいで返せば利を免除してくれる可能性は高い。

朝借りて、夕方返す、世に言う烏金《からすがね》などでは無理だが、武士が両替商から借りたとなれば、身分への気遣いでなかったことにしてくれるかも知れないのだ。

「ご家老さま、金を」

藩命とはいえ、己の名義で分銅屋仁左衛門から借財をした会津藩松平家の用人山下《やました》が、江戸家老井深《いぶかし》深右衛門《んえもん》に返却を求めた。

「うん、金がどうかしたのか」

わけのわからないといった顔で井深深右衛門が問い返した。

「百両をお返しいただきたく」

山下がはっきりと口にした。

「なにを申しておる。あの金は藩へ献上されたものである」

「なっ、なにを仰せになられますや。あの金は田沼さまへのお願いをするために、拙者が分銅屋仁左衛門から吾《わ》が名で借りたもの。田沼さまのお手元に留《とど》められたというなれば、辛抱もいたしまするが、用なくなればお返しいただくべきでございましょう」

「藩の金として田沼さまに出した。そなたの金として出したわけではない。つまり、これは藩の金である」

「そんな……ならば、ご返済は藩でしてくださるのでございましょうな」

「証文を見よ。借りたのはそなたとなっておろう。藩が返す義理はない」

山下の嘆願を井深深右衛門が却下した。

「わたくしの金を藩は奪われると」

「他人聞《ひとぎ》きの悪いことを申すな。藩がそなたの金を奪ったわけではない。そなたが藩のために使ってくれと差し出したのだ」

「差しあげてはおりませぬ。お貸ししただけでございまする」

「借りた覚えはない。御用の邪魔じゃ。出ていけ」

「あまりな……」

「用人は藩に尽くすのが仕事である」

「では、お約束の五人扶持を」

金を出すときに井深深右衛門が加増の代わりに約束した扶持米をくれと山下が当然の要求を出した。

「愚か者が」

返ってきたのは怒声であった。

「そなたに約束したのは、お手伝い普請がなくなり、南山領を賜《たまわ》ることができたときの話じゃ」

「そこまでは……」

　お手伝い普請だけのはずと反論しかけた山下に、井深深右衛門が押し被《かぶ》せてきた。

「書いたものを出せ。口約束などなににもならぬ。言った言わないになるだけであろうが」

「……………」

　井深深右衛門の酷薄さに山下が黙った。

「わかったならば、下がれ。用人は御用部屋で油を売れるほど暇ではないはずだ」

「……………」

　山下が無言のまま立ちあがった。

「ふん……」

　興味をなくしたように井深深右衛門が書面に目を落とした。

　御用部屋を下がった山下は、用人に与えられている表御殿の控え室ではなく長屋へと戻った。

「いかがなさいました」

　用人も家老に劣らず激務である。普段は日が昇るなり出かけ、戻りは日が落ちてかなり経ってからの主人が不意に戻ってきたことに門番が驚いた。

「少し疲れた。本日はもう誰にも会わぬ。お召し以外はすべて断ってくれるように」

そう言い残して山下が長屋へと入った。

「夕餉《ゆうげ》も茶も不要である」

なにかと様子を窺《うかが》いに出てきた妻へもそう命じて、山下は居室に籠もった。

会津藩松平家の用人ともなれば、長屋といえども冠木門《かぶきもん》、玄関式台などを備えた立派なものである。当主の居室は次の間と物入れに模した武者隠しを持つ、まさに屋敷であった。

「……百両を奪いおった」

一人になった山下が血を吐くように言った。

「そもそも藩が借りるべき金であろうが。藩が借りられぬというならば、まずは一門、続いて家老職が代行するのを、儂《わし》に押しつけておきながら……」

山下が憤怒《ふんぬ》のあまり握りしめた両手から血を流した。強く握りしめたために爪が手のひらに食いこんだのだ。

「百両などどうやって返せばいい」

用人といったところで千石ももらっているわけではない。しかも今は藩の財政が悪化しているという理由で半知《はんち》借り上げ、禄を半減されている。

はっきり言えば、山下家一年分の収入は百両に届かない。

その百両がなに一つ身につくことなく、なくなった。

銘刀を買った、名器を購《あがな》ったというならば、ものが残る。それを売れば、百両丸々返ってくるわけではないが、半分以上にはなる。

だが、藩に収用されてしまえば、それで終わり。

「殿に訴え出るか……いや、無駄だな」

藩主も財政の悪さを知っている。それどころか数年、藩主の小遣いともいうべき御手元金も渡されてはいない。

「少し、手元に寄こせ」

五両、十両でも渡せば、藩主は黙る。

「大儀であった」

いや、この一言で山下の百両のことは終わる。

藩主にこの言葉を出されたら、家臣はなにも言い返せなくなった。

「……せめて加増でもあれば」

百両を十年後に返すとなれば、倍以上の金額になる。

「遅れられましたら、遠慮なく評定所《ひょうじょうしょ》へ訴えますので」

分銅屋仁左衛門は金を貸すときにそう断言していた。

「一日でも猶予はございません。十年できっちり元金利子を取り立てます」

「わかっておる」

商人が武士を脅すなど論外ではあるが、当代の寵臣とされる田沼意次のお気に入りでもある分銅屋仁左衛門ならば、それくらいは許される。

それどころか、率先して評定所は動くだろう。

「そちらの家中山下某《なにがし》が……」

幕府から会津藩松平家へ使者が出され、分銅屋仁左衛門の要求が告げられ、

「ただちに」

いうまでもなく藩は山下をかばってはくれない。

「藩に恥を掻《か》かせた。借財をしておきながら返せぬなど、武士どころか人として許せぬ」

命じられて藩の代わりに借財をしたなどということは誰も口にしない。

「切腹をいたせ」

表沙汰になれば、藩の名誉が傷つく。事情を知っている者はいないにこしたことは

ないのだ。

「酷《むご》い……」

山下の悲鳴など無視して、その場で切腹という名の処刑がおこなわれる。

「迷惑をかけた」

会津藩松平家から分銅屋仁左衛門に元金と利子、幾ばくかの迷惑料が支払われ、それでことは終わってしまう。山下家を潰せば、百両以上の得になる。

「………」

己の末路を山下は理解していた。

「どうしてくれようか」

もう、山下のなかに井深深右衛門への敬意はなく、藩への忠誠も消え失《う》せた。

「……言いわけになるが、話はしておくべきだな」

山下は立ちあがった。

「出かけてくる」

どこへ行くとも伝えず、山下は藩邸を出た。

井深深右衛門は山下を追い返した後、御用部屋の雑用をするために近くで控えている藩士を呼んだ。

「御用でございましょうか」

役職が足りぬため、御用部屋へ入ることは許されていないが、家老の命を受けるには相応の格がいる。

控えている藩士はほとんどが、名門の嫡男《ちゃくなん》とか出仕しただけでまだ役職が決まっていない若い当主であった。

いわば執政見習いであった。

「山下を見張れ」

「用人の山下さまでございまするか」

井深深右衛門の指図に藩士が確認を求めた。

もちろん、家老が用人を見張れと言った理由を問うたりはしない。質問や実行するかなどは己が執政になってからするものであり、今は言われた通りに動くのが役目であった。

「うむ。出かけるならば、どこへ行くかを確認せよ」

「止めずとも」

とはいえ、あるていどのことは確かめておかなければならない。外へ出るとなれば、判断を求める余裕はないときが出てくるからであった。

「かまわぬ。ただ、どこへ行き、誰と会ったかだけを確認し、報告いたせ」

「はっ」

井深深右衛門の指図に藩士が手を突いた。

「下がれ」

手を振って藩士を井深深右衛門が去らせた。

「少し哀れであったが……」

井深深右衛門は江戸家老という職に就いていることもあり、禄も千石をこえている。千石をこえていても百両という金は重い。

一年で返せない金額ではないが、それこそ衣服の新調、長屋の修繕、息子の手習い、娘の嫁入り仕度、先祖の祀《まつ》りなど多くのものをあきらめなければならなくなる。さすがに米は国元から送らせているので喰うには困らないが、それこそ、病人でも出たらそこで詰む。

それだけの負担を禄半分ほどしかない用人に背負わせた。

「背に腹はかえられぬ」

藩庫に金がない。幕府の要路へ支払うだけの金さえ用意できなかった。

とになる」

「ここで金がなければ、藩が潰れる。そうなれば二千人をこえる家中が路頭に迷うこ

大の虫を生かすために小の虫を殺す。

井深深右衛門は山下の家の没落を認めていた。いや、企《たくら》んでいた。

「許せ、山下。もし、無事に南山領が当家に下賜されたならば、金は返す。禄も少し加えてやる」

すでにお手伝い普請は手詰まりに近い。

田沼意次には見放された。残る伝《つ》手《て》は老中堀《ほっ》田《た》相模守《さがみのかみ》しかない。

「金はある」

山下の百両を井深深右衛門は堀田相模守へと回すつもりであった。

第三章　宮仕えの苦

一

山下の訪問を分銅屋仁左衛門は不意にもかかわらず受け入れた。

「…………」

客間に通された山下はじっとうつむいていた。

「山下さま……ご用件をお伺いいたしたく」

分銅屋仁左衛門が嘆息《たんそく》した。

「…………」

促されても山下は同じ姿勢のままであった。

「お話しいただけぬならばいたしかたございませぬな」

すっと分銅屋仁左衛門が立ちあがった。

「すまぬ、分銅屋」

山下が手を突いた。

「…………」

いきなりの謝罪に、今度は分銅屋仁左衛門が黙った。

「無礼は承知のうえでお伺いいいたしましょう。なにがございました」

分銅屋仁左衛門が座り直した。

「じつは……」

百両を田沼意次に突き返されたこと、その百両が藩庫へ収納されてしまったことなどの経緯を山下が語った。

「それがなにか」

聞き終わった分銅屋仁左衛門が首をかしげた。

「なにかと言うか。百両を拙者は返すつもりであったのだ」

「お貸しした金をなにに遣われるかは、そちらさまのご勝手。百両を博打《ばくち》ですられようが、吉原で散財なさろうが、こちらは気にいたしませぬ」

「それはわかる。わかるが、今回は拙者が遣ったわけではないのだ。藩が奪った」

山下が分銅屋仁左衛門に事情が違うと申し立てた。

「なるほど、返済は会津さまに求めよと」

「わかってくれたか」

山下が歓喜の表情を浮かべた。

「では、証文の書き換えをいたさねばなりませぬ。会津さまに花押《かおう》をいただきに参りましょう」

分銅屋仁左衛門が淡々と言った。

「ま、待て……殿に借財証文への署名を願うと」

「願うのではございませぬ。していただきまする」

確かめた山下に分銅屋仁左衛門が首を横に振った。

「……お目にかかれぬわ」

金貸しと藩主が直接会うなど、身分に厳格な会津藩ではあり得なかった。御用商人が何千両という上納をしても、せいぜい家老と面談するくらいで、徳川家の血筋である藩主が商人に目通りを許すことはなかった。ましてや金を貸してくれという下手に出る形の証文へ筆を入れるなど論外であった。

「さようでございますか。その場合は……」

「田沼さまかっ」

すぐに山下が気づいた。

「すでに貸し付けてある金を返すでもなく、さらなる借財を命じ、お断りすると家臣の名義で借りだしてそれを奪い去る。このような大名家が将軍さまのご一門だというのは、いかがなものかと、世間話をさせていただくだけでございますよ。そういえば、会津さまはもと保科さまでいらっしゃいましたな」

「ならぬ、ならぬぞ」

山下が顔色を変えた。

「松平の姓を取りあげる」

将軍、いや松平の姓を汚《けが》したとあれば、幕府の対応は厳しいものになる。

「会津を召しあげ、保科の旧領を与える」

一門という資格を奪われてしまえば、会津という要地を預けられる理由がなくなる。一譜代大名となったところで減禄転封《げんろくてんぽう》を命じられる。

「承知いたしましてございまする」

それを断ることはできない。

「できるはずもない。会津は、松平家は格別の家柄じゃ」

必死に山下が否定した。

「格別のお家柄……駿河大納言《するがだいなごん》さまは格別ではないと」

「ぐっ……」

嘲笑《ちょうしょう》するような分銅屋仁左衛門に山下が詰まった。

駿河大納言こと徳川大納言忠長《ただなが》は、会津松平家の祖である保科正之の異母兄で、三代将軍家光とは同母の弟になる。兄が将軍となったあと、駿河一国を与えられた。その徳川忠長は、謀叛《むほん》の罪をもって改易、流罪の後、自裁させられた。

「駿河大納言さまは謀叛を……」

「本気で仰せでございますかな」

「……………」

阿呆《あほう》を見る目を分銅屋仁左衛門からぶつけられた山下がうつむいた。

すでに天下は定まっている。三代将軍は家光と決まり、徳川忠長は一門でありながら五十万石の一大名になった。

その徳川忠長が将軍にふさわしいのは吾《われ》こそとして、兵を挙げたところで誰もついてはこない。多少徳川忠長の態度に問題があったところで、謀叛と結びつくには無理があった。

あれは家光が弟忠長に両親の愛情を奪われたことを嫉妬しての恨みだということくらい天下の誰もが知っている。もし、謀叛が本当だというならば、徳川忠長は九族皆殺しになっていなければならないが、一人息子は無事に松平の姓を与えられ、紀州で余生を過ごしていた。

「そういえば、ご当代の上様は紀州のお血筋でいらっしゃいましたなあ」

「なにが言いたいのだ」

不安そうに山下が問うた。

「いえ、会津さまは三代さまのお血筋、そして紀州さまは初代さまのお血筋」

分銅屋仁左衛門は会津は今の将軍家と一門ではないと暗に言った。

「な、なにをっ」

それに気づかないようでは、用人など務まらない。山下が怒りの言葉をあげかけた。

「いや、これは失礼をいたしました。すべてのご一門さまは神君家康公のお血筋であられました。浅ましい商人の戯言《ざれごと》でございまする。お詫《わ》びいたしましょう」

すっと分銅屋仁左衛門が頭を下げた。

「では、お帰りを」

顔をあげた分銅屋仁左衛門が感情のこもらない声で要求した。

「金のことは……」

最初の用件はどうなると山下が問うた。

「山下さまがお返しくだされればすむことでございまする」

「だから、金は……」

同じ話を蒸し返そうとした山下が、分銅屋仁左衛門の表情を見て詰まった。

「…………」

分銅屋仁左衛門の表情には侮蔑《ぶべつ》が浮かんでいた。

「……わかった」

山下が折れた。

「では、よろしくお願いをいたしまする」

「邪魔をした」

さっさと帰れと言われた山下が腰をあげた。

「お見送りはいたしませぬ。また、次は返済のお話でお目にかかりたいと存じまする」

客を見送らない。商家の主《あるじ》がそれをするのは、利のない相手のときである。さらに今後は百両と利息を用意しないかぎり会わないとも分銅屋仁左衛門は宣した。

「……………」

山下もその意味はわかる。普段ならば、武士に対し無礼千万と怒鳴りつけるところだが、格の違いを見せつけられたばかりであるし、もし、分銅屋仁左衛門の機嫌が変わり、本気で会津藩松平家の上《かみ》屋敷へやってこられても困る。

「金は返しておいた」

藩の恥になる。分銅屋仁左衛門に百両を渡して帰した後、山下には罪が与えられることになる。

「用人の職を解き、国元への帰還を命じる。また、このたびの不始末に対し、禄を半減し、家格を準目見えに落とす」

体面で生きている武士にとって、恥は罪であった。

肩を落として、山下は分銅屋を出た。

その様子を見遣《みや》り役として付けられていた藩士が見ていた。

「分銅屋……両替商のようだが」

いかに将来の執政あるいは、補佐の候補とはいえ、表沙汰《おもてざた》にできない賄賂《わいろ》の話までは知らされていなかった。

「まあよい、拙者は報告をするだけだ」

藩士はがっくりと気落ちしたままの山下を遠目に見据えながら、その後を付けた。

「どこへ……藩邸の方ではないぞ」

山下の背中に集中していた藩士は、いつの間にか見慣れないところに入りこんでいると気づいた。

「あれは料理屋か」

山下が一軒の店に入っていった。

「酒か。悠長なものだ。用人ならば、藩の現況に苦心すべきであろうに」

藩士が吐き捨てた。

会津藩松平家が苦境にあるなど、別段執政候補でなくとも、それこそ門番足軽でさえわかっている。さすがに足軽の五俵二人扶持や、三石一人扶持まで半知《はんち》召し上げは喰《く》らっていないが、出入りの商人が来なくなったとか、行商人や魚屋が寄り付きもしなくなったことには気づいている。

「買ってくれないし、値切りが厳しい」

行商人たちは口さがない。

平気で屋敷の前で悪口を言うのだ。

「……待つしかないか」

藩士は一刻（約二時間）ほど待たされて、ようやく藩邸へ帰ることができた。

「ご家老さま」

「おう、戻ったか」

門限ぎりぎりの帰館だったが、井深深右衛門はまだ執務をしていた。

「もそっと近《ちこ》う」

話が漏れるわけにはいかない。井深深右衛門が藩士を御用部屋のなかへと誘った。

「どうであった」

小声で井深深右衛門が山下の様子を尋ねた。

「ご報告を……」

藩士が分銅屋に立ち寄った後、浅草の隅で酒を呑《の》んでいたと語った。

「やはり分銅屋へ行ったか」

井深深右衛門が深く嘆息した。

「そのときの山下はいかがであったか」

「ずいぶんと落胆なされていたようでございまする」

訊《き》かれた藩士が答えた。

「愚かな……」

一気に井深深右衛門の機嫌が悪くなった。

「ご家老さま、分銅屋とはなんなのかお伺いしてもよろしゅうございましょうか」

藩士が気にした。

「今はならぬ。いずれ知ることになる」

井深深右衛門が藩士の願いを拒んだ。

「ご苦労であった、休むがいい」

藩士を、ねぎらって井深深右衛門が下がらせた。

「はっ」

これ以上はまずいと感じたのか、藩士は素直に御用部屋を後にした。

「しくじったか」

一人になった井深深右衛門が呟《つぶや》いた。

「無理をしても、百両儂《わし》が出しておくべきであった」

家老といえども、半知借り上げの状況で百両を用立てるのは難しい。その困難を用人に押しつけたことを井深深右衛門は後悔した。

「……分銅屋に知られたな」

山下が分銅屋仁左衛門になにを述べたかを井深深右衛門は理解できていた。

「ということは田沼さまの耳にも入るか……」

井深深右衛門が唇を嚙《か》んだ。

「その前にどうにかせねばならぬ」

田沼意次だけではないが、老中を含めた権力者は、醜聞を利用するのがうまい。百両を家臣に押しつけたとわかれば、会津藩松平家の価値は低くなる。

「お手伝い普請《ぶしん》のことといい、なぜ今になってこのような面倒が重なる。この苦労、国元の連中にわかるまい」

井深深右衛門が吐き捨てた。

二

左馬介の緊張は増していた。

同じ町内ではないが、近隣の酒屋が浪人強盗にやられた。

強盗というのは、金があるところを狙う。と同時に捕まりたくないので、用心棒や屈強な住みこみの奉公人の多いところは避ける。

だが、少し賢い強盗になると、用心棒や奉公人と己《おのれ》たちとの戦力差を考え、勝てそうならば襲ってくる。

とくにうまくいったときの儲《もう》けが大きいとなれば、思い切って押しこむ。

分銅屋の財は十万両をこえる。

もちろん、十万両をそのまま蔵に眠らせていては儲からないため、貸し金として運用しているが、それでもいつ新たに金を借りに客が来るかわからないので、二万両は置いていた。

「千両箱をいくつも抱えて逃げるのは困難だ」

おおむね千両箱は一つで二貫（約八キログラム）ある。持って歩くくらいは容易だが、走って逃げるにはかさばる。

五人組だと五千両あれば、十分に命をかけられた。

一両あれば、庶民が一カ月のあいだ家賃を払って、十分に贅沢《ぜいたく》できた。千両もあれば、生涯働かずとも生きていけた。

「いつまで生きるかわからぬならば、散在するも一興」

吉原で格子《こうし》女郎を相手に居続けをしたところで、三年近く過ごすことができる。

「気に入った女と酒を呑み、その気になったら抱くの生活をする」

馴染《なじ》みの遊女を身請《みう》けして、こぎれいな長屋を借りて贅沢をしても十年は保《も》つ。十日雨が降れば干上がる浪人に明日はない。明日がないなら、今日に生きればいい。後のことを考えなくなった者は怖《おそ》ろしい。死ぬことを恐れてはいるが、死は絶えず隣にいる。

「馬鹿なことを思わなければいいが」

左馬介は懸念《けねん》を強くしながら、店の周囲を警戒した。

酒屋を襲って得た金なぞ、ちょっと遊べば吹き飛ぶ。吉原や岡場所で費やしてくれるならばまだいい。二十日以上は保つ。だが、博打に費やされれば、一晩で消し飛んでしまっても不思議ではなかった。

「さすがに続けてはこまい」

命を捨てる気になっているとはいえ、やはり捕まるのは怖ろしい。

盗賊は御定書《おさだめがき》百箇条によって十両盗めば打ち首と決まっている。いきなり斬り殺されることはないが、死罪とわかっている罪人への気遣いはされなかった。

「吐けっ」

正座した膝《ひざ》の上に重い石を置く石抱きや、両手と両足を背中で一つにまとめてくくり宙に浮かべて竹刀《しない》や木刀で打ち据える裏海老責《うらえびぜ》めなど、命にかかわる拷問は老中の許可を取ったうえ医師の立ち会いのもとでと決まっているが、それも十両をこえる盗みをした者へは適用されない。

「他にどこを襲った」

「どうせ死ぬのだ。すべてを吐いて身軽になってから地獄へ行くほうが死後の扱いはましだぞ」

捕吏《ほり》からすれば、未解決の事件をまだ調べあげたい。誰の仕業かわかれば、そこでことは終われる。特定できない間は、形だけとはいえ調査を続けなければならないし、密告などがあったときは相応の対応が要《い》った。

ようは、下手《へた》に捕まれば遠慮ない責め問いに遭わされるのだ。

「ほとぼりがさめるまではおとなしくしているだろうが……雇い主がな」

左馬介は苦笑した。

「無駄なことはなさらずとも」

世慣れた分銅屋仁左衛門は、盗賊が続けて同じところで稼ぐことはまずないとわかっている。

「分銅屋さんの用心棒は、大丈夫かね」

そのあたりの機微がわからない近隣の者が面倒なのだ。

盗賊が一度来れば、その辺りはもう危険区域だと思いこみ、翌日から震えあがる。

「しっかり見廻《みまわ》ってくださいよ」

金を出しているわけでもないのに、左馬介へそう言ってくる。

「同じことをするだけでござる」

日頃からまじめに用心棒をしている左馬介はそう答えているが、それでも近隣の目はうるさい。

「分銅屋さん、さっきこちらの用心棒の先生を湯屋《ゆや》で見かけましたが、手を抜いているのではございませんか」

報告くらいならば、まあどうでもいい。雇い主でない者の評判など、気にもならない。

「あれではちと不安でございましょう。いかがでございましょう、わたくしの存じ寄りに剣の達人がおられまする。ご紹介いたしましょう」

要らぬ節介をしてくる者が腹立たしい。

「それは助かりまする。早速ご紹介を願いましょう。ああ、もちろん、その御仁《ごじん》がなにかしでかされたときの損失は、すべてご紹介くださったあなたさまが背負ってくださいますのでしょう」

分銅屋仁左衛門は笑いながら手ひどく拒絶する。

実際、今まで用心棒を置いていなかった分銅屋が左馬介を雇ったことで、自薦他薦を問わず何人かの用心棒希望者が求職に来ていた。

「当家は金を扱いますので、保証人のないお方はお断りを」

自薦は大概の場合、それで消える。

「最大で二万両ほどの損害が出るかも知れませんが……」

他薦、保証人付きでも、これで逃げ出す。

「火種を懐《ふところ》に入れる馬鹿がいるはずありませんでしょう」

それが続いたころ、分銅屋仁左衛門が鼻で笑ったことを左馬介はよく覚えていた。

「迷惑はかけられん」

分銅屋仁左衛門の信頼を左馬介は裏切れない。

不要とわかっていても、わざと見廻りの回数を増やしたり、じっくりと周囲を窺《うかが》ったりするのは、分銅屋仁左衛門へ苦情がいかないようにするためであった。

「……しかし、浪人だけの盗賊とは珍しい」

左馬介は一人での見廻りの癖でついた独り言を口にした。

浪人は簡単に悪へ染まる。飢え死にという恐怖は、もと武士としての矜持《きょうじ》なんぞあっさりと蹴飛《けと》ばす。

「か、金を出せ」

刀がある奴《やつ》は斬り盗《と》り強盗をする。

「竹光《たけみつ》では脅しにもならぬ」

こういった手合いは賭場《とば》の用心棒になる。

「刀の代金は、貸しておきやす」

無頼《ぶらい》にしてみれば、博打の形《かた》に取った奈良鎌倉《なまくら》一つで剣術の心得のある浪人を使えるのだ。

「先生、お願いしやす」

「おう。客人、ここは静かに遊ぶところだぞ」

無頼の指示でいかさまにはまって頭に血が上った客を脅せば、立派な用心棒になれる。

普通は、上の二つで終わる。斬り盗り強盗はいつか町奉行所に捕まえられて死罪になり、無頼の用心棒は縄張り争いや気性の荒い博徒によって殺される。

問題はその二つを生き延びた者であった。

「いい度胸をなさってる。でかい稼ぎがあるんですがね」

盗賊の親分に声をかけられ、その手伝いをするようになる。

もちろん、ここまで生き延びる浪人はまれである。

その生き延びた浪人が集まって盗賊をする。

「頭のいいのがいるな」

左馬介の恐れはそこにあった。

盗みというのは難しい。

適当な店を襲っても金があるかどうかわからないし、用心棒がいたりしたら目も当てられない。本職の盗賊でもまともな連中は、しっかりと下調べをしてから盗みに入っている。

先日の酒屋は灘からの酒が入って、売れたところに入られたという話であった。つまり、それを調べた浪人か、そういう話を売った者が居る。

落ちぶれた大工が、建てた店の絵図面を盗賊に売ったり、辞めさせられた奉公人が腹いせに店の内情をばらす場合もある。また、そういう話を買い集め、高値で買ってくれそうな盗賊のもとへ持ちこむという裏の稼業もあった。

「分銅屋に来るとは思えぬが」

金はあるが、左馬介もいた。さらに左馬介は用心棒として何度も盗賊や強請集《ゆすりたか》りの類いを撃退している。

また分銅屋の表戸や裏木戸には鉄芯《てつしん》が入っている。浪人が体当たりをしたくらいではどうしようもない。

「刀を研ぎに出した浪人がいるというのも気に入らぬ」

左馬介は苦い顔をした。

研ぐ刀がある。つまり、刀を売るほど追い詰められていないとの証《あかし》であった。

「まだ金になるものがあるにもかかわらず、盗賊をしている」

三日飯を喰っていないなどと追い詰められて、ほとんどの人はようやくたがが外れる。

そこまで墜《お》ちていないのに、盗賊をした。

「まともじゃない」

左馬介は嘆息した。

「今のところ問題はないな」

いきなり躍りこんでくるような馬鹿な盗賊は、ほとんど表戸で頓挫《とんざ》する。下手をすれば全力で表戸に体当たりしたことで肩の骨を折ったりして動けなくなったりしている。

左馬介が用心しなければならないのは、何度も下見をしたうえでしっかりと計画を立ててくる連中であった。

その代わり、下調べをするときに痕跡が残る。

店の出入りをじっと見張っていたり、外から覗《のぞ》けない裏庭の様子を確認しようとする。

ただ見張りは、少し注意しているだけで気づける。

「同じ場所にいつまでもいる。まともに目を合わさないが、さりげなく見てくる」

簡単な見分け方法を店に出ている番頭や手代に伝えておけば、

「諫山さま、向かい筋三軒南の源氏屋《げんじや》さまの用心桶《おけ》のところに、朝からずっと男が立っておりまする」

「同じ男が何度も店の前を行き来しておりました」

気になれば報告が来る。

「助かる」

聞いた左馬介はその足で問題になった男のもとへ行く。

「どうした、調子でも悪いのか。じっとそこから動かぬようだが」

「道に迷ったのか。何度も店の前をうろうろしているが……どこへ行きたい。案内するぞ」

気づいていると報《しら》せる。

「いえ、なんでもございません」

ばれたとわかったら男たちはさっと引きあげる。

「あそこの用心棒はできる」

戻った男が親分へ告げ、

「しかたねえ。分銅屋の蔵は魅力だが、気づかれちゃどうしようもない。店を替えるぞ」

盗賊は捕まったら終わりとわかっていた。

確実に分銅屋は出入りの御用聞きに話を通じている。下手をすれば飛んで火に入る夏の虫になってしまう。

結果、別の店が襲われることになるが、そんなもの左馬介にとってはどうでもいい。左馬介が守るのは、分銅屋だけなのだ。

「お帰りでございますか」

裏口から店へ戻った左馬介を喜代が出迎えた。

「おう、もう遅いだろうに」

すでに店は閉めていた。

通いの奉公人は自宅へ帰り、住みこみの奉公人も二階の座敷で休息している。上《かみ》の女中、分銅屋仁左衛門の面倒を見る喜代ももう仕事を終えている刻限であった。

「お夜食のご用意をいたしておりました」

喜代が手にしている盆を少し掲げて見せた。

「おおっ、かたじけなし」

左馬介が目を輝かせた。

仕事にあぶれた日は夕餉《ゆうげ》を我慢して、空《す》きっ腹《ばら》を抱えて寝た。煮売り屋で飯と汁を食うくらいの金はあっても、明日もあぶれないという保証がないからだ。

それが分銅屋仁左衛門に拾ってもらってから、腹一杯喰えている。

「遠慮なくちょうだいしよう」

喜んで左馬介は盆を受け取った。

「では、今宵《こよい》もよろしくお願いいたします」

一礼して喜代が休むと言った。

「うむ。ご安心めされよ」

左馬介は胸を叩《たた》いた。

敷へと現れた。
喜代が去るのと入れ替わりに分銅屋仁左衛門が左馬介の待機場所となっている小座
「……ふふふ」

「分銅屋どの、その笑いをやめていただけぬかの」

楽しくてたまらないといった風の分銅屋仁左衛門に、左馬介が嫌そうな顔をした。

「いやいや」

分銅屋仁左衛門が首を横に振りながら、左馬介の前に座った。

「握り飯三つにぬか漬けと汁物……」

「普通でござろう」

さりげなく左馬介は盆を分銅屋仁左衛門の前から背後へ回そうとした。

「大きさが普通でございましたらねえ」

すっと分銅屋仁左衛門が盆を取りあげた。

「これだけの大きさの握り飯……まちがいなく夕飯の残りはなくなりましたな。やれ、夜中に腹を空かせて台所へ盗み喰いに忍ぶ若い奉公人が、さぞや落胆することでしょう」

「うっ……」

もう一度首を横に振る分銅屋仁左衛門に、左馬介がうめいた。

「勘弁してくれ」

「はい」

疲れ果てた左馬介に分銅屋仁左衛門が笑った。

「さて……いかが思われます」

分銅屋仁左衛門が笑いを消した。

「浪人強盗か。当家には来るまいよ」

左馬介も気を取り直して応じた。

「やはり」

小さく分銅屋仁左衛門が首肯《しゅこう》した。

「どうすればいい」

近隣も警戒しておくかと左馬介が尋ねた。

「不要です。己の財を守るのは商人が仕事の一つ。そこまで面倒を見る気はございません」

あっさりと分銅屋仁左衛門が手を振った。

「見かけたときは」

夜中の巡回のときに浪人強盗と出会うことはある。あるいは浪人強盗が狙う店に下見しているのを気づくこともある。

「布屋の二代目へ報せてください。決して諫山さまが相手になさることのないように。他家のことで諫山さまが怪我《けが》でもされれば困ります」

分銅屋仁左衛門がじっと左馬介を見つめた。

「わかった。守るべきは誰かくらいはわかっておる」

強く左馬介がうなずいた。

三

井深深右衛門は老中堀田相模守の屋敷を訪れた。

「お目通りをいただきたく」

会津藩松平家江戸家老の名前は、老中といえども軽々には扱えない重さを持つ。

「しばし、お待ちいただきたいとのことでございまする」

応対に出た堀田相模守家の家臣が主の返答を伝え、井深深右衛門を客間へと通した。

老中の執務は月番でなければ、昼の八つ（午後二時ごろ）に終わる。そこから控え室である下部屋で幾人かの役人と打ち合わせなどをして下城するので、戻ってくるのは七つ（午後四時ごろ）になった。

「待たせたの」

屋敷へ戻ったその足で堀田相模守が井深深右衛門のところへ顔を出した。

「ご多用中に申しわけございませぬ」

井深深右衛門が平蜘蛛《ひらぐも》のように這《は》いつくばった。

「用件は聞かずともわかっておる。お手伝い普請と南山御領のことだな」

「畏《おそ》れ入りまする」

会津藩の家老が老中を訪ねた。その理由など堀田相模守には丸見えであった。

「なにとぞ、なにとぞ、お願いをいたしまする」

もう一度井深深右衛門が平伏した。

「…………」

一拍堀田相模守が間を空けた。

「ご老中さま」

井深深右衛門がおずおずと堀田相模守を見あげた。

「……南山領のことはならぬ」

堀田相模守が重く告げた。

「な、なぜでございましょう」

「上様のご諚《じょう》である」

顔色を変えた井深深右衛門に堀田相模守が告げた。

「う、上様の……」

井深深右衛門が唖然《あぜん》とした。

「御用部屋から、会津松平より願いが出ておりまするると、上様へ言上仕《つかまつ》ったのだがな。ただ一言、南山領を与えるに理由なしと仰せであった」

「そ、そんな……南山領は本来当家のものとなるべきものでございました。三代将軍家光公が始祖肥後守に加増くだされたのを、肥後守が御三家の石高をこえてはならぬとお断りしたという経緯がございまする」

「断った以上は、会津のものではない」

由来を理由にする井深深右衛門に、堀田相模守が首を横に振った。

「いえ、お預かりの形を取ってはおりまするが、実質は会津にございました。それを正式なものにしていただきたいと願っております。どうぞ、上様に今一度」

井深深右衛門が願いを口にした。

「ならぬ。上様のご意思ぞ。そなたはご諚に不満があると」

「と、とんでもございませぬ」

きっと睨《にら》まれた井深深右衛門があわてて否定した。

「そもそも、会津に五万石をご加増いただけるだけの功績があるのか。苛政《かせい》、一揆《いっき》との話ばかり耳に届く」

堀田相模守が厳しい言葉で咎《とが》めた。

「……たしかに今は厳しい状況ではございまする。ですが、これは藩の財政の問題ではなく、冷害が続いたためにおこったもの」

一揆の責任は会津藩松平家にはないと井深深右衛門が言った。

「会津だけが冷害に冒されたのか。隣の山形は、福島は、米沢《よねざわ》は豊作だったのか」

「…………」

堀田相模守に指摘された井深深右衛門が黙った。

「五万石は軽くはない。これが五十石、五百石だというのならば話も変わるだろうが、五万石は御上《おかみ》にとっても軽いものではない。その五万石を藩政が乱れた会津藩松平家に与えては、示しが付くまい」

「当家は格別の家柄として……」

「我が堀田家も格別の家柄である」

言いかけた井深深右衛門を堀田相模守が制した。

堀田家の歴史は波乱に富んでいた。

戦国の終わり、豊臣家に仕えていた堀田家は、なぜか一度加賀の前田家を経て、秀吉の妻おねの甥《おい》である小早川秀秋《こばやかわひであき》に付けられた。その小早川秀秋が若死に、藩が潰れた後徳川に召し抱えられ、七百石の旗本となった。

堀田家に転機が訪れたのは徳川に仕えた堀田正吉《まさよし》の子、正盛《まさもり》が家光の小姓として寵《ちょう》愛《あい》を受けたことであった。

家光の寵童となった正盛は、成長とともに重用され、大名から老中へと出世し、堀田家も十一万石という大封を与えられた。

その後、家光に殉死した正盛の嫡男が幕府批判をしたり、無断帰国をしたりで、本家は絶えたが、弟正俊《まさとし》が五代将軍選定の場で綱吉を推し、その功績で大老に補せられた。

しかし、その正俊が一族の内紛で殿中刃傷《にんじょう》に遭い、殺されたことで堀田家は一時の逼塞《ひっそく》を強いられるが、正俊の孫正亮が老中に抜擢《ばってき》され、執政としての復帰を果たしていた。

「堀田家は世に出るとき、かならず老中首座を仰せつけられる格別な家柄である」

「……………」

事実だけに井深深右衛門はなにも言えなかった。

「執政という重き役目を承《うけたまわ》ってはいるが、五万石はおろか一石たりとてもご加増を願ったことはない」

「当家はご一門で」

「一門というだけで加増されるのか、ならば尾張《おわり》公は百万石を頂戴していて当然であるな。なにより紀州家がご加増なきはおかしい。紀州家は本家に跡継ぎがなかったとき、血筋をお返ししたという大功がある」

吉宗の出身である紀州家に加増がないのは不思議であろうと、堀田相模守が首をかしげて見せた。

「……………」

井深深右衛門はうつむくしかなかった。

「上様はご出自の紀州家へのご加増さえご辛抱なさっておられる。これは御上の財政が好ましくないからじゃ。そのおり、なぜ会津松平だけ五万石を賜《たまわ》れると思ったのだ」

声音を尖《とが》らせて堀田相模守が問うた。

「南山領は、名前だけのお預かり……」

「そうか。会津松平が支配しているから、いただいて当然だと」

言いかけた井深深右衛門を抑えて、堀田相模守が告げた。

「なれば、代官を出そう」

「……それはっ」

堀田相模守の発案に井深深右衛門が絶句した。

代官は幕府領の徴税、司法、治安などを担当する者であった。身分は低いが、任地では領主と同じだけの権を有するだけでなく、近隣の大名家でなにかあったとき幕府へ通報する役目も担っている。目付《めつけ》ほど強硬ではないが、大名にとって気を遣わなければならない相手であった。

とくに南山領のような代官の居ない預かり地は、幕府の目が届かないことを利用して、いろいろとやっている。それが代官の赴任とともにばれる。また、今までならば近くに幕府の目がなかったことで、表沙汰にせずにすんだ一揆や百姓逃散《ちょうさん》などの領内治政における欠点が隠せなくなる。

「……願いを下げまする」

井深深右衛門はそう言うしかなかった。

「うむ。分を知ることは大切である」

堀田相模守がうなずいた。

「では、下がれ」

「お手伝い普請につきましては……」

手を振った堀田相模守に、井深深右衛門がもう一つの願いについて尋ねた。

「南山領のことをあきらめますゆえ、なにとぞお手伝い普請はご免除いただきますようお願いをいたしまする」

井深深右衛門が必死に願った。

南山領の下賜《かし》はできなくとも、今まで通り四公六民での年貢は徴収できる。だが、お手伝い普請で十万両遣ったとなれば、南山領が五年の間無収入と同じになってしまう。百両で泣いているときに十万両は論外であった。

「ふうう」

わざとらしく堀田相模守がため息を吐《つ》いた。

「ご老中さま……」

意味がわからず、井深深右衛門が怪訝《けげん》そうな顔をした。

「話の真意を汲《く》めぬで、よく家老が務まるものよ」

「お教えを」

情けないと首を小さく左右に振る堀田相模守に、井深深右衛門が頼んだ。

「先ほど余はなんと申した。南山領を会津に与えぬ理由を思い出せ」

堀田相模守が促すように述べた。

「理由……功績……あっ」

「わかったようじゃの」

驚きの表情を浮かべた井深深右衛門に、堀田相模守が首肯した。

「お手伝い普請を無事に終えたときに、南山領をその功績として下しおかれると」

「余がその話を御用部屋に出すことはできる」

確かめるような井深深右衛門に堀田相模守が答えた。

「……ですが、寛永寺の山門の建立《こんりゅう》は……」

負担が大きすぎる、もっと簡単なものへ変えて欲しいと井深深右衛門が遠慮がちに求めた。

「いい加減にせぬか。願いは聞いてくれ、お指図は受けたくないが通ると思うのか」

堀田相模守が井深深右衛門を叱《しか》りつけた。

「申しわけございませぬ」

井深深右衛門が身を縮めた。

「余は忙しい、今後は遠慮いたせ」

もう会わぬと釘《くぎ》を刺して、堀田相模守が井深深右衛門を追い返した。

「なにとぞ、なにとぞ」

最後まで井深深右衛門はすがりながら、出ていった。

「すべては上様の思《おぼ》し召しである」

堀田相模守が小さく口の端を吊《つ》りあげた。


屋敷へ帰った井深深右衛門はすぐに山下を呼び出した。

「御用は」

用人は家老に逆らうことはできない。すぐに御用部屋へ伺候《しこう》したが、山下の態度は敬意の感じられないものとなっていた。

「……まあいい」

叱るべきではあったが、原因はわかっている。

井深深右衛門は見逃すことにした。

「分銅屋へ行き、金を借りて参れ」

「お断りいたしまする」

家老の指示を山下が拒んだ。

「頼みではない、これは命令である」

「いかように言われますとも、分銅屋には行けませぬ」

「行けぬ……行きませぬではない」

山下の答えに井深深右衛門が引っかかった。

「返済以外での面談を拒まれましてございまする」

「そなた個人のことであろう。これは藩命であるぞ」

ふてくされたような山下に、井深深右衛門が大義名分はあると言った。

「藩命ならば、他の者をお出しくださいますよう。わたくしでは話にもなりませぬ」

山下が平然と返した。

「そなたが一番分銅屋と面識が深い。今回の話は慶事である」

「慶事……」

井深深右衛門の興奮に山下が首をかしげた。

「そうじゃ。南山領をご下賜願えることになった」

「それはめでたいことでございまする」

井深深右衛門に思うところはある山下だったが、思わず喜びを表した。

「金が効きましたか」

「うむ。相模守さまより、功績を立てれば南山領の下賜の名分ができる。そして、お手伝い普請の完成は功であると」

「………」

山下が一瞬戸惑った。

「もう一度お伺いしても」

「よく聞け。寛永寺山門の建立を功として、南山領を下しおかれる」

聞きまちがいではないかと確認を求めた山下に、井深深右衛門が告げた。

「まことに」

「うむ。先ほど相模守さまにお目通りをいただいたおりにな」

吾《わ》が功績だと言わぬばかりに、井深深右衛門が胸を張った。

「さようでございまするか。それはさぞやご苦労なされたことでございましょう」

「いささかな」

心のこもらない山下の称賛を井深深右衛門は受けた。

「わかったならば、行って参れ」

「いかほど申しこみまするか」

あらためて命じた井深深右衛門に山下が問うた。

「寛永寺の山門については十万両との見積もりが出たことは知っておるな」

「はい」

用人は屋敷のことを司《つかさど》るだけではなく、藩の置かれている状況も把握しなければならない。

山下は首を縦に振った。

「分銅屋は江戸でも指折りの財産を誇るというが、さすがに一軒で十万両は賄《まかな》えまい」

「無理でございましょう」

井深深右衛門の考えに山下も同意した。

「国元の御用商人どもも、南山領のことを匂《にお》わせれば少しは金を出そう」

すでに南山領は会津藩松平家の実質支配下にあるが、それでも正式に領土となればいろいろと変わるところが出てくる。今まではできなかった新しい物産の振興、あるいは鉱山の探索などに手を付けられる。

「お手伝い普請の後、南山領が……」

こう言われて金を出さない御用商人はいない。

「お断りを」

これ以上会津藩松平家に金を貸せないという店も出てくるかも知れないが、それは南山領の開発から外されてもいいと宣するのも同じである。いや、それだけではなかった。藩の財政が好転して借財を終えたとき、御用商人の看板を取りあげられる覚悟も要った。

「なんとか二万両は国元で用意したい」

「八万両でございますか。無理でございましょう。それだけを貸し出してしまえば、分銅屋は商いができなくなりまする」

「当家だけで十分なはずだ」

「利を毎年お支払いになられまするか」

「まとめての返済じゃ」

山下の懸念に井深深右衛門が言った。

「となれば十年、分銅屋は収入が途絶えまする」

「もともと両替商であろう。本業を励めばすむ」

井深深右衛門がうそぶいた。

「………」

もう山下に井深深右衛門への敬意はない。山下は黙った。

「明日にでも分銅屋に話を」

「会えぬと思いまするが、お咎めなきよう」

もう一度命じた井深深右衛門に山下は応じた。

四

一人あたり二十両ほどの分け前など、十日も保たなかった。

「これで二年は喰える」

堅実な考えをする者は最初から押し込み強盗などしない。

「次はどこをやる」

浪人強盗の一人佐貫が頭分《かしらぶん》の水川に求めた。

「急がせるな。今、田坪が探している」

水川が佐貫を抑えた。

「金がないのだ」

佐貫が情けない顔をした。

「まったくか」

「昨日、賭場で目が出てくれれば数倍になったのだ」

佐貫が悔やんだ。

「己の所業ではないか」

水川があきれた。

「なあ、金を貸してくれ」

「誰が貸すか。返ってこないだろうが」

手を出した佐貫に水川が横を向いた。

「今度の取り分から引いてくれればいいだろう」

「いつ、どれだけの金が入るかもわからぬのにか」

すがる佐貫に水川が鼻で笑った。

「仲間じゃないか」

「笑わせる。人でなしに墜ちた我らに仲間などあるわけない」

まだ言う佐貫に水川が嗤《わら》った。

「今日の飯代もない」

「どこぞで借りればいいだろう。この辺りにはいくらでも金を貸してくれるところはある」

泣きそうな顔をする佐貫を水川が突き放した。

「……わかった」

佐貫が水川の長屋を出ていった。

「あれは駄目だな」

「切り捨てるべきだ」

じっと無言を貫いていた田坪が水川の嘆息に合わせた。

「次もまずいな」

「ああ」

二人が顔を見合わせた。

「引っ越すぞ」

水川が宿《やさ》を替えると決断した。

博打をしているときに明日の米を心配する者はいなかった。

「次がくれば」

「ここまで裏目が続いたんだ。そろそろこっちに波が来るはず」

頭に血が上って、結果、遣ってはいけない金まで賭けてしまう。

どのような博打でも儲かるのは胴元だけと決まっている。胴元が損をするようでは、博打場を開く意味はない。

「おや、佐貫の先生、またでござんすか」

行きつけの博打場に顔を見せた佐貫に客の一人が声をかけた。

「他に行くところもないからな」

佐貫が苦笑しながら、客のために用意されている握り飯と安酒に手を伸ばした。

「今日はどうだ」

佐貫が声をかけてきた客に訊いた。

「半目が少し強いように見えますな」

ちょっと小金を持っている商人風の客が答えた。

「勝ってるか」

「ご冗談を。勝っていればこんなところでまずい酒なんぞ呑んでませんよ」

客が手を振った。

「先生はおやりにならないので」

一向に盆と呼ばれる博打の座へ近づこうとしない佐貫に、客が尋ねた。

「先立つものがねえ」

佐貫が苦い顔をした。

「ずいぶんと羽振りがよかったように見えましたが」

「思わぬ儲けを得たのでな。ちょっと気が大きくなりすぎた」

客に訊かれた佐貫が愚痴った。

「思わぬ儲けでございますか」

少し離れたところで一人白湯《さゆ》を飲んでいた備前屋が聞きとがめた。

「……誰だ」

見たことのない顔を佐貫が警戒した。

「門前町で小商いをしている備前屋と申しまする」

「見ない面《つら》だな」

頭を下げた備前屋に佐貫が目をすがめた。

「ここの代貸《だいが》しさんとはおつきあいがあるんですが……この賭場にはさほど通っていませんでしたから」

備前屋がほほえみながら説明した。

「……代貸しと」

ちらと佐貫が盆を見た。

「で、その備前屋が何用だ」

佐貫が用件を問うた。

賭場で代貸しと知り合いだという嘘《うそ》は許されない。そやつが賭場でなにかしでかしたとき、代貸しの知り合いだとなれば咎めにくくなるからだ。もちろん、いかさまや他の客の金を盗《と》ったなどは、代貸しの知り合いであろうが息子であろうが許されないが、それほどのことでなければ軽くすむ。賭場では代貸しが神なのだ。だけに代貸しの知り合いという嘘はまずい。

「あの賭場は駄目だ」

そいつのせいで上客の出入りがなくなることもある。

「てめえ、よくもおいらの顔に泥を塗ってくれたな」

報《むく》いはまちがいなく来る。代貸しの知り合いという嘘は、命にかかわった。

佐貫は備前屋を同じ後ろ暗い経歴を持つ者として受け入れた。

「儲け仕事はなさいませんので」

「今は次の準備をしているところよ」

備前屋から目をそらして佐貫が答えた。

「ということは、今はお暇で」

「暇でなきゃ、空《から》っ穴《けつ》で賭場になんぞ来るわけなかろう」

確かめた備前屋に佐貫が肩をすくめた。

「佐貫さまでよろしゅうございますか」

備前屋がそう呼んでいいのかと訊いてきた。

「ああ」

「刀は本身で」

うなずいた佐貫に備前屋が尋ねた。

「そうだ。抜くわけにはいかぬがな」

賭場での刃傷沙汰は御法度《ごはっと》であった。諍《いさか》いでなくとも太刀《たち》を抜けば、袋だたきにされる。

「……ご経験は」

備前屋の声が低くなった。

「人斬りか。あるな」

佐貫も声を潜めた。

「急ぎでお仕事をお受けいただきたいのですが」

「高くつくぞ」

佐貫がふっかけた。

「二両では」

「他を当たるんだな」

指二本を立てた備前屋を佐貫が鼻で嗤った。

「では三両」

「細かい遣り取りは苦手だ」

少しずつあげるなと佐貫が要求した。

「五両」

これ以上は無理だと声に含めて備前屋が告げた。

「相手は一人か」

「はい」

「浪人や武士、ましてや御上の町役人などではなかろうな」

「商人で」

備前屋は嘘を言っていない。殺して欲しいのは分銅屋仁左衛門だけで、その周囲にいる用心棒や奉公人はどうでもいい。

「獲物は、誰だ」

「それはお引き受けいただいてからでないと」

「売るとでも……疑っているのか」

首を横に振った備前屋に佐貫が機嫌を悪くした。

「信用できますか」

あっさりと備前屋が疑いを認めた。

「……たしかにな」

佐貫もうなずいた。

「では、ここを出よう。金は持っているだろうな」

「全額はございませんよ」

誘った佐貫に備前屋が口の端を吊りあげた。

「ふん」

二人きりになったところで襲いかかる気だろうと言われた佐貫が鼻白んだ。

「後で来る」

賭場の若い衆に声をかけておく。でなければ、ただ飯ただ酒を集《たか》りに来た疫病神扱いされ、足を運びにくくなる。

「へい」

若い衆が受けた。

備前屋と賭場の外に出た佐貫は、人通りのないところで手を出した。

「金と獲物の名前を」

「前金は二両。獲物は分銅屋仁左衛門」

「分銅屋仁左衛門……」

浪人に両替商との縁はない。佐貫が首をかしげた。

「門前町の両替屋の主だ」

「ああ、あの大店《おおだな》か」

言われた佐貫が思い当たった。

「それを五両というのは安くないか」

「引き受けたのだろう」

「そっちが本性か」

備前屋の口調の変化に佐貫が苦笑した。

「そんなのはどうでもいい。やらないというなら、それでもいいが」

「なぜ誘った。手の者もいるだろう」

逃げれば追い詰めてでも殺すと暗に備前屋が告げていることくらい、佐貫にもわかっていた。

「同じ浅草で下手人《げしゅにん》はまずいだろう」

顔を見られでもしたら、備前屋まで簡単にたぐられてしまう。

「こっちも浅草なんだが」

「逃げられるだろう」

根無し草の浪人なら、どこにでもいけるだろうと備前屋が言った。

「なら、草鞋銭《わらじせん》ももらわないとなあ」

佐貫が手を出した。

「しかたないな。うまくやったら一両上乗せしてやる」

「全部で十両だ」

「足下を見る気か」

「見られて当然だろうが」

怒った備前屋を佐貫が嘲弄《ちょうろう》した。

「死にたいのか。浪人一人くらい消えてもおかしくはないのだぜ」

「こっちが一人だと思っているならば、甘いぞ。次の仕事の準備中だと言ったろう」

「…………」

備前屋が黙った。

「どうする。こういった稼業だ。話の聞き賃はもらうが、義理は欠かない。なにもなかったことにしてもよいぞ」

口止め料を出すならば、分銅屋仁左衛門のことも忘れると佐貫が促した。

「……わかった。十両だそう。だが、今は手元に二両しかない」

「三両だぜ。わかっているぞ」

持ち金全部を交渉の場に出すことはない。なにがあるかわからないのが、無頼のつきあいである。

「……ほれ」

あきらめた備前屋が懐から小判を出した。

「たしかに。あとの七両はどこで」

「毎夜、五つ（午後十時ごろ）にここへ顔を出す」

「承知した」

小判を手に佐貫が賭場へと戻っていった。

「野良犬の分際でずいぶんなまねをしやがって……」

残った備前屋が吐き捨てた。

「だが、便利な奴だ。いつでも使い捨てられる道具としてはな」

備前屋が賭場に背を向けた。


賭場は優しくない。

初めて博打をしに来た客をはめるため、わざと勝たせたり、まだ墜ちていない客をじらすために勝ち負けをうまく調整したりすることはあるが、どっぷり浸《つ》かった者には気遣いなどなかった。

「ついてなかったようで。また潮目は来やすよ」

代貸しが備前屋から手に入れた金を持って戻って来た佐貫を慰めた。

「潮目……ずっと引き潮だ」

佐貫が嘆息した。

「また来る」

ただ飯をもう一度腹に入れて佐貫は賭場を後にした。

「最後の勝負が……」

佐貫が悔しげに呟いた。

「いかさまはしていねえ。それにしても目が逃げすぎる」

さすがに賭場でいかさまはされていない。一度でもいかさまをしたことがわかれば、そこの賭場は潰れる。

「ふざけるな」

客は当然来なくなる。

「どこどこで賭場がある」

やられた腹いせに町奉行所や寺社奉行へ賭場を密告する者も出てくる。

なにより、そんなことをしなくても博打場は儲かるのだ。

博打場で金を直接賭けることは認められていなかった。金は一度代貸しあるいは胴元のもとで木札《きふだ》に替えられ、その木札を使って勝負をする。

その木札に博打場は手数料を乗せていた。最初に木札とするときに一割、木札から金に戻すとき一割、つごう二割の両替料を取った。一両を木札に替え、勝ち負けを終えて残った金が一両のとき、手数料を引いた残りの三分と三百文しか返ってこないのだ。

「それより、明日の金が要る」

佐貫が目つきを変えた。

「分銅屋をやるか」

切羽詰まった佐貫は、下調べもなしに分銅屋仁左衛門を襲うことにした。

「腹は膨れている」

塩味の濃い賭場の握り飯が佐貫の腹を満たしている。

「……東の空が明るくなってきたな。このまま行けば、ちょうど店が開くころになるだろう」

佐貫が分銅屋へと足を向けた。


夜明けが商家の店開けの合図であった。魚屋や豆腐屋など朝食のために客が来る店は夜明けとともに、そうでない店は奉公人が動き出す。

「表戸を開けなさい」

番頭が小僧に指示した。

「へい。手伝ってくれ」

鉄芯入りの表戸は小僧一人で開けられるものではなかった。

「おう」

　別の小僧がうなずいて、二人がかりで表戸を開けていく。

「暖簾《のれん》をかけなさい」

　屋号の染め抜かれた暖簾を手代が持って外に出た。

「主はいるか」

　出てきた手代に佐貫が声をかけた。

「どちらさまで」

「客に決まっているだろう」

「お約束は」

「客商売だろう、すべて約束のある客ばかりなのか」

　佐貫が面会の約束はしているかと訊いた手代に声を荒らげた。

「あいにく、主はお約束のないお方のお相手はいたしませぬ。両替の御用でございましたら、わたくしが伺いまする」

　脅されている手代が気丈に応じた。

「いるんだな」

　手代がいないと言わなかったことで佐貫が確信した。

「どけっ」

佐貫が手代を突き飛ばし、店へと躍りこんだ。

「分銅屋、出てこい」

大声を佐貫があげた。

第四章　金貸しの裏

一

朝一番に店を襲うのはまちがいではなかった。

まだ人通りも多くなく、近隣も開店の用意で忙しくしており、周囲に気を配る余裕はない。なにより、出かける用事の多い主人でも、さすがにこの刻限は在宅している。

「どけっ」

佐貫が手代を突き飛ばし、店へ突入した。

「なっ……」

一瞬唖然《あぜん》としたが、すぐに番頭が吾《われ》に返った。

「諫山先生」

番頭が叫んだ。

「ちい、用心棒がいるのか」

金欲しさに下調べも何もせず、ことに及んだ佐貫が舌打ちした。

「まあいい。用心棒など商人に飼われている座敷犬、狼《おおかみ》たる吾に敵《かな》うはずなし」

佐貫が脇差《わきざし》を抜いた。

「……諫山さま」

「ああ、なにかあったようだ」

番頭の声に分銅屋仁左衛門と左馬介が顔を見合わせた。

「動かれますな」

「帳面を検《あらた》めてますよ」

左馬介に言われた分銅屋仁左衛門が昨日の帳面を取り出し、中身を確認し始めた。

「……肚《はら》の据わりようが」

左馬介が動揺も見せない分銅屋仁左衛門に感心した。

「わたくしは戦えませんからね。諫山さまがやられたら、わたくしも終わり。心中でございますよ」

「美しい女ならまだしも、男相手に心中は嫌だな」

「ならば勝ってください」

「おうよ」

左馬介は鉄扇《てっせん》を右手に持った。

鉄鞘《てつざや》の太刀《たち》を持たなかったのは、室内での戦いに合わせたからであった。梁《はり》や柱などがある室内で大物を振り回せば、引っかけてしまう。

命がけの最中に、得物《えもの》の動きが止まれば、それは死に直結する。

「分銅屋あ」

そこへ佐貫が飛びこんできた。

「いやがったな。くたばれ」

脇差を脇に構えて佐貫が分銅屋仁左衛門へ襲いかかろうとした。

「いろいろ中途半端な奴《やつ》だな」

左馬介があきれながら、割りこんだ。

「用心棒か。おまえに用はない。下がっていろ。殺しはせぬ」

佐貫が脇差を振って、どけという意思を告げた。

「静かにしてくださいな。算盤《そろばん》の邪魔です」

分銅屋仁左衛門が佐貫を見もせずに叱《しか》った。

「なんだっ」

手の届く範囲ではないとはいえ、白刃を手にした刺客を目の前にしながら、平然と帳面を見ている分銅屋仁左衛門に佐貫が驚いた。

「先触れもなくいきなり来たのだ。待たされるのは当然だろう」

左馬介も分銅屋仁左衛門にのった。

「ふざけたことを」

真っ赤になった佐貫が、脇差を少し引いた。

「どけ、用心棒。邪魔をするなら斬る」

きっと佐貫が左馬介を睨《にら》んだ。

「邪魔するに決まっている」

平然と左馬介は立ちはだかった。

「ならば、くたばれ」

引いた脇差に勢いを加えて佐貫が斬りつけた。

「ふん」

左馬介が鉄扇で佐貫の脇差をはたき落とした。

「なんだあ」

扇子《せんす》ごときに弾《はじ》かれるはずはないと、佐貫が目を見張った。

「ぼうっとしたければ、家でやるんだな」

すっと一歩踏みこんだ左馬介が佐貫の右手を打った。

「ぎゃっ」

腕の骨を叩《たた》き折られた佐貫が苦鳴《くめい》を漏らした。

「もう一つ」

続けて左馬介は鉄扇を翻して、左手首を叩いた。

「あ」

短い苦鳴を出した佐貫の両手が、力を失った。

「いただいておこう」

左馬介が脇差を拾いあげた。

「て、手が、手が」

両手を使えないようにされた佐貫が、すとんと腰を落とした。

「分銅屋どの」

「要《い》りませんよ」

問うた左馬介に分銅屋仁左衛門が首を横に振った。

「恨みなんぞどこで買ってるか、どれだけ買っているかわかりません。どうせ、金で雇われただけの使い走りでしょう」

分銅屋仁左衛門が冷たい目で佐貫を見た。

「では、二代目に預けよう」

左馬介が布屋の親分の息子で、父親が浅草へ移った後を受けて御用聞きとなった二代目に引き渡すと言った。

「ま、待ってくれ」

痛みにうめきながら、佐貫が口を開いた。

「誰に頼まれたかをしゃべる。しゃべるから御用聞きは勘弁してくれ」

佐貫が懇願した。

盗みのことはばれなくても、分銅屋ほどの大店《おおだな》に斬りこんで主《あるじ》の命を狙ったのだ。よくて遠島《えんとう》、悪ければ死罪になる。

ほとんどの囚人は島在住の百姓や漁師の手伝いをしてわずかな食料を恵んでもらって、ぎりぎり生きている。

死罪を免れて遠島ですんでも両手が使えないとなれば、まず生きてはいけなかった。

一応、御上《おかみ》からの慈悲として遠島の罪人には米二十俵と二十両を持ちこむことが許されていたとはいえ、自前なのだ。浪人にそのような財力はない。それこそ、着の身着のままで島へ流されてしまえば、いきなり飢える。そして罪人を助けてくれる者はいなかった。

いや、その前に小伝馬町《こでんまちょう》の牢獄《ろうごく》に入れられた段階で、殺される。牢獄はいつも満員で、立つことはできても横になるのは難しい状況にある。

「場所塞《ふさ》ぎめ」

そんなところに抵抗できない浪人が放りこまれたら、その日に殺される。悲鳴をあげられないよう口を塞がれての窒息か、睾丸《こうがん》を踏み潰《つぶ》されての悶死《もんし》か、どちらも苦痛極まりない死に方をさせられる。

「先ほども申しましたが、要りません。誰に雇われたかなんぞ、知ったところで無意味で」

「な、なぜだ。御上に届けるとか、やり返すとか」

冷たく拒まれた佐貫が啞然とした。

「御上に届けても無駄。まず刺客を頼む奴が本名や本籍を口にするはずありませんし、御上も死人が出たならまだしも、怪我《けが》一つしていないわたくしのために動くほどやさしくはありません」

心付けを渡してある布屋の親分とその息子の二代目、南町奉行所の臨時廻《まわ》り同心山《やま》中小十郎《なかこじゅうろう》あたりは対応するだろうが、そのていどで捕まるほど甘くはない。浅草の闇《やみ》は町奉行所全体で対応しなければならないほど深いのだ。

「敵が誰かわかっても、こっちから攻めるわけにはいきません。わたくしは善良な商売人でございますから」

「…………」

佐貫が黙った。

「まあ、話してくれるなら聞きます。御上に引き渡すのは変わりませんが、そのとき手心を加えてくれるようにお願いくらいはしてあげます」

「備前屋という四十がらみの男だ」

「……備前屋ですか。どこにでもある名前ですね。下の名前は」

「知らぬ。名乗らなかった」

佐貫が隠しているわけではないと首を横に振った。

「さようですか。わかりました。おい、番頭さん、二代目を呼んできておくれな」

「なあ、頼む。大牢《たいろう》ではなく揚屋《あがりや》に入れてもらうよう頼んでくれ」

先ほどの場所塞ぎは無宿人や何度も罪を繰り返す悪辣《あくらつ》な連中を入れる大牢のことで、武士や女、剣道場の主や寺子屋の師匠をしている浪人などは、揚屋と呼ばれるこぢんまりした牢に入れられる。罪人の扱いも大牢と揚屋では大きく違い、揚屋であれば傷の手当てなども受けることができた。

「揚屋に入るのはいいですが、お金はお持ちで」

「うっ」

言われた佐貫が絶句した。

「いかに揚屋でも医者を呼ぶには金が要りまするし、身体《からだ》を休めるには夜具もなければ困りまする。それだけの金がございますか」

分銅屋仁左衛門が厳しい顔をした。

「………」

「あるはずございませんな。あれば朝から刺客なんぞしませんせん」

言葉を失った佐貫を分銅屋仁左衛門が嘲笑《ちょうしょう》した。

「旦那」

まだ佐貫が復活する前、二代目が駆けつけてきた。

「ずいぶんと早いですな」

呼びに行けと命じてからまだそれほど経《た》っていない。分銅屋仁左衛門が驚きを見せた。

「番頭さんから急ぎで来てくれと」

「なるほど、さすがですな」

二代目の返事で、分銅屋仁左衛門が理解した。なかでなにがあったかを確認することなく、番頭は御用聞きへ連絡したのであった。

「こやつがの……」

左馬介が経緯を語った。

「さようで。馬鹿な野郎だ。分銅屋さんを襲うなんぞ。たっぷり話を聞かせてもらう」

「ああ、もう話はすんでますよ。頼んだのは備前屋とかいう四十歳ほどの商人だそうで、浅草門前町の賭場《とば》で知り合ったとか」

「そこまで……こいつは助かりやす」

分銅屋仁左衛門の説明に、二代目が感謝した。

「こいつがどうなるかは御上のお裁きにお任せいたしますが、それまではあまり厳しくしないでやってください」

「厳しくしないででございやすか」

二代目が首をかしげた。

「ええ。わたくしを襲ったことでのお調べはなしで。それ以外は二代目の思われるように」

「なるほど、他の罪については遠慮せずにと」

分銅屋仁左衛門の意図を二代目が悟った。

「……そんな」

逃げられない佐貫が顔色をなくした。

「おい、大番屋へ連れていけ。おいらは山中さまにお報《しら》せしてくる」

二代目が連れてきていた下っ引きに命じた。

「……どのようにお考えで」

二代目が佐貫を連行していなくなった居間で、分銅屋仁左衛門が左馬介に問うた。

「あまりに馬鹿すぎるからな。とても会津の仕業とは思えぬ」

「では、備前屋というのは」

首を左右に振った左馬介に分銅屋仁左衛門が重ねて訊《き》いた。

「商売敵《がたき》すべての名前を分銅屋どのは覚えておられるか」

「ふふふ、覚えてませんな」

分銅屋仁左衛門が笑った。

「親戚《しんせき》にもいなかったのでござろう」

父親の放漫を理由に店を乗っ取ろうとした親戚を、分銅屋仁左衛門は手ひどくやりこめていた。

「いませんな。もっとも偽名まではわかりませんがね」

左馬介に言われた分銅屋仁左衛門が苦笑した。

「とにかく、一人での出歩きはやめてくれ」

「そうしましょう。ですが、それでは諫山さまのお手間が増えます」

釘《くぎ》を刺した左馬介に分銅屋仁左衛門が表情を曇らせた。

「手間が増えるくらいどうということでもないな。分銅屋どのに万一があれば、拙者は先ほどの刺客と同じ立場に墜《お》ちる」

左馬介の生活は分銅屋仁左衛門にある。

「朝餉《あさげ》にしましょう」

満足そうなほほえみを浮かべながら、分銅屋仁左衛門が喜代を呼ぶために手を叩いた。

二

用人は世慣れていなければ、務まらない。

「なにをしておる」

用人部屋で配下となる畳奉行、簞笥《たんす》奉行、門番頭《がしら》などに一日の指図をしていた山下に、井深深右衛門が怒声をあげた。

「お平らに」

山下が驚いた配下を手でなだめつつ、井深深右衛門を抑えた。

「なにをしておると訊いておる」

井深深右衛門が山下の慰撫《いぶ》を無視した。

「本日すべきことを通達いたしておりまする」

山下がしかたないと手で配下たちを追い払いつつ、井深深右衛門へ向き直った。

「そのようなこと、いたさずともよい。そなたがせねばならぬことは、ただ一つじゃ。さっさと分銅屋に話を付けて参れ」

井深深右衛門が厳しい声で山下に命じた。

「わかっておりまする。ですからときを見ておるのでございまする」

「ときを見ている……」

言われた井深深右衛門が首をかしげた。

「相手は両替商とはいえ、商人でございまする。金貸しが本業であろうとも、商人は朝がもっとも忙しく、来客や決まっていた取引などで座る間もないのが普通。そこに顔を出すなど商いの邪魔をするも同然でござる」

山下が機を見計らっていると述べた。

「そのようなことはどうでもいい。商人の都合など、お家の大事に比べれば反古紙《ほごがみ》ほどの値打ちもない」

井深深右衛門が言い返した。

「…………」

冷たい目で山下が井深深右衛門を見つめた。

「なんじゃ、その目は」

井深深右衛門が山下の態度に目つきを険しくした。

「おわかりでしょうや。こちらは金を借りる立場で、分銅屋は貸す立場でございますぞ。こちらが武士だ、会津藩松平家だと申したところで、分銅屋は気にもいたしませぬ」

「むっ」

山下の話に井深深右衛門が詰まった。

分銅屋仁左衛門と井深深右衛門は一度交渉をしているが、会津藩松平家の家老という肩書きはまったく通じなかった。

「もし、田沼さまに会津藩松平家からこのような嫌がらせをと訴えられたら……」

「それはまずい」

すでに田沼意次には悪印象を与えてしまっている。これ以上となれば、それこそお手伝い普請《ぶしん》が山門だけでなく、本堂や庫裏《くり》もやれと増えかねなかった。

「頃合いを見て出かけますゆえ」

「……吉報を持って帰れ」

邪魔だと言わんばかりの山下に、井深深右衛門が苦い顔をして出ていった。

「できるお方だと思っていたのだがなあ」

山下が嘆息《たんそく》した。

田沼家から預かった珍宝は清見屋のようにこちらから持ちこまずとも、欲しがる客は多い。

「分銅屋さんのところに行けば、良きものがあると聞きましてな」

浅草からはかなり離れているにもかかわらず、浜町《はまちょう》の小間物商い秋田屋《あきたや》の主が分銅屋仁左衛門を訪れてきた。

「さすがは秋田屋さま、お耳が早い」

別に引き札《ふだ》を出したり、金棒引《かなぼうひ》きを使っての宣伝もしていない。要するに世間に報せていないはずの商いを知って来た、秋田屋の人脈を分銅屋仁左衛門は称賛した。

「噂《うわさ》というのは防げませんからな」

頬を緩《ゆる》めながらも秋田屋は誰から聞いたかを言わなかった。

「もう手元には三つしかございませんが……」

「すべてを拝見しても」

「もちろんでございますよ。諫山さま」

秋田屋の求めに応じた分銅屋仁左衛門が廊下に控えていた左馬介にうなずいた。

「うむ」

首肯《しゅこう》して左馬介が立っていった。

「ご信頼厚いようで」

用心棒でも金目のものを見せるのは避けるのが、通常であった。根無し草の浪人だけにいつ悪心を起こして持ち逃げしたり、強盗に変わったりしかねないからであった。

「はい」

感心する秋田屋に分銅屋仁左衛門が胸を張った。

「……よろしいか」

すぐに左馬介が箱を三つ抱えて戻ってきた。

「こちらへ」

分銅屋仁左衛門が目の前を指し示した。

「さて」

左馬介が商品を置いて下がるのを待って、分銅屋仁左衛門が箱を開けた。

「こちらが琉球《りゅうきゅう》伝来の白珊瑚《さんご》の置物、これは瑪瑙《めのう》を使って作られた馬の彫刻、最後は水晶玉でございまする」

「……なんとも」

秋田屋が紹介された名品を前に感嘆の声を漏らした。

「さすがは田沼さまへの……」

「それ以上はいけませぬよ、秋田屋さま」

賄賂《まいない》と言いかけた秋田屋を分銅屋仁左衛門が制した。

「いや、これは、申しわけない」

秋田屋が詫《わ》びた。

世間では誰もが知っているとはいえ、堂々と幕府の要職のもとに賄賂が贈られているると口にするのはまずかった。

「いかほどでお譲りいただけましょう」

「珊瑚が三百両、瑪瑙が百五十両、水晶玉は値付けに困っておりまする」

分銅屋仁左衛門が答えた。

「珊瑚の三百両は希少だからでしょうなあ。琉球からのものが入ってくるとなれば……おっと、これも要らぬ口でした」

秋田屋があわてて口を閉じた。

「……とはいえ、三百両は厳しい。瑪瑙の馬も見事な彫りではございますが、百五十両と言われるといささか。ところで水晶玉に値付けができぬとはいかなる理由でございましょう。分銅屋さんほどのお方が目利きできぬとは考えられませんが」

分銅屋は金貸しもやっている。金を貸すときには大名貸しでもない限りは抵当、世に言う形《かた》を預かる。その形が貸し金に見合うかどうかがわからなければ、商売はやっていけない。

「これだけの大きさの水晶玉でございまする。なにもなければ百両から百二十両と値付けいたしますが、よくご覧になるとおわかりになりましょうが、なかに小さな傷がございまして」

「傷が……これだけのものに傷とは惜しい」

秋田屋が水晶を覗《のぞ》きこんだ。

「それに傷ものを贈るというのは礼儀知らず……」

残念そうに言った秋田屋が目を見張った。

「ふ、分銅屋さん、これは……」

「お気づきになりましたか」

「金《きん》が入っている」

うなずいた分銅屋仁左衛門に秋田屋が述べた。

「水晶を割って確かめることはできませんが、金がなかに浮いているように見えましょう」

「むうう……たしかにこれは値付けが難しい」

秋田屋も考えこんだ。

「無垢《むく》な水晶こそ至上としてこれを傷と取るか、まさに希少な珍宝とするか。これでずいぶんと値が変わりまする」

分銅屋仁左衛門が嘆息した。

「これを売っていただきたい。百五十、いや百六十両出しましょう」

珍宝だと判断した秋田屋が値を付けた。

「それが……まだ確約ではございませんが、別にお二方が取り置きをお求めになっておりまして」

「いくらの値をお付けで」

すっと秋田屋の興奮が冷めた。

「それはご勘弁を」

分銅屋仁左衛門が首を横に振った。

「つり上げと取られては心外でございますので」

喰《く》いついた客に他にも欲しがっている者がいると囁《ささや》いて、購入や値上げを促す質《たち》の良くない商売人扱いされては困ると分銅屋仁左衛門が水晶を秋田屋のもとから手元へと戻した。

「あっ、そういう意味ではございません」

秋田屋が慌てて否定した。

「…………」

分銅屋仁左衛門は無言でほほえんだ。

「他の方より十両上乗せというわけにもいきませぬな」

どうしても手に入れたいときにこういう手立てを取ることもあるが、下手《へた》をすればこれ以上ない悪手《あくしゅ》になる。

「五両高く買いましょう」

もし他にも同じ条件を付けている客がいたら、そこから秋田屋が十両上乗せし、さらにその客がまた五両高くと、永遠に続く値上げになった。

「入れ札にしようかと思っております る」

分銅屋仁左衛門が告げた。

「入れ札でございますか。たしかに公正ではございますが……」

値付けが難しいと秋田屋が困惑した。

入れ札は最低金額が決められることが多い。それ以下の金額での入札は禁じられるが、同時に記載する金額の上限はなくなる。

それこそ他の客が最低入札価格から数両ていど増やした金額であるのに、一人突出して高い金を札に書く羽目になりかねないのだ。

「ご参加いただかなくともよろしゅうございます。他の二品にはまだ買い手がついておりませんので」

ためらうならば、珊瑚か瑪瑙にしてはどうかと分銅屋仁左衛門が勧めた。

「……どれも逸品でございますが」

秋田屋が腕を組んだ。

「言われるように甲乙付けがたい名品ではございますが、手に入らないというものではございませぬし……」

勧められた秋田屋が悩んだ。

「あのう、旦那さま」

申しわけなさそうに番頭が襖《ふすま》を少し開けて、声をかけた。

「ちょっと失礼を。どうしたんだい」

秋田屋に断ってから、分銅屋仁左衛門が番頭に問うた。

「山下さまがお出《い》でで」

「……出入りはご遠慮願いたいと申しあげたはずだよ」

分銅屋仁左衛門の声が低くなった。

「そのようにお話しいたしたのでございますが、正式な使者として藩から命じられたと」

「正式な……」

番頭の答えに分銅屋仁左衛門が難しい顔をした。

「分銅屋さん、お取りこみのようなので、わたくしはこれで失礼いたしましょう。入札の日時が決まりましたら、是非お報せを」

やはり水晶にすると告げて、秋田屋が腰をあげた。

「十分なお構いもできませず、お詫びをいたしまする。では、後ほどこちらからお報せいたしまする」

中座させる形になったことを謝罪して、分銅屋仁左衛門が見送りに立った。

「おおっ、分銅屋どの」

店には山下が供侍と小者《こもの》を連れて待っていた。

「他のお方はおられなかったのでございますか」

分銅屋仁左衛門が不機嫌な顔をした。

「儂《わし》がもっとも慣れていると、家老がな」

山下も苦笑した。

「正式なご使者とあれば、追い立てるわけにも参りませぬ。どうぞ」

「すまぬの」

山下がすまなさそうに続いた。

「ああ、そなたらは店の外で控えておれ」

「殿」

供侍が山下の指図に息を呑《の》んだ。

「当たり前じゃ。本来ならば敷居をまたげぬ無礼をした儂を招いてくださったのだぞ。まさかに警固の者など連れていけるものか」

山下が首を横に振った。

警固の裏を返せば、刺客にもなる。刀を帯びたまま、客間あるいはその廊下で控える警固が、太刀を抜いて分銅屋仁左衛門を襲い来ないとは言えない。

「しかし……」

「分銅屋どのが、儂を傷つける意味はなんじゃ」

「…………」

問われた供侍が黙った。

「儂の首なんぞ、分銅屋どのが欲しがる価値もないわ」

苦笑しながら山下が呟《つぶや》いた。

「わかったならば、店の外でおとなしくいたしておれ。では、頼みまする」

山下がもう一度命じて、分銅屋仁左衛門の案内を求めた。

三

「いや、お見それをいたしました」

変わった山下に、分銅屋仁左衛門が感心した。

「気づかされたのでござる。お家にとって家臣は人ではなく、道具でしかないと。いつでも替えられる、いつでも捨てられる道具でござれば、それ以上のことをなすべきではございますまい。誰も鎌《かま》に魚をさばくことは求めませぬ。また釜《かま》が木を切ってみせることはできませぬ」

「畏《おそ》れ入りましてございまする」

分銅屋仁左衛門が頭を下げた。

「分を知る。人にとってもっとも重要なことでございまするが、なかなかできるものではありませぬ。先日の無礼を取り消させていただきまする」

出入り禁止を解くと分銅屋仁左衛門が述べた。

「ありがたいことではあるが、本日の用件を聞いてからにしてくれぬか。許された後で、塩をかけられるのはいささかきつい」

山下が頬をゆがめた。

「わかっておりまするとも。借財でございましょう。藩としてのご用立てを命じてこいとの」

「わかるわの」

見抜かれていたことに山下が苦く笑った。

「あらためて、本日は忙しいところ、かたじけなく思う」

身分は武士が上になる。客間の上座で山下が深く頭を垂れた。

「いえ、ようこそお出でくださいました」

にこやかに分銅屋仁左衛門が応じた。

「無駄話をする意味もなし。早速用件を申したい。会津藩松平家から分銅屋に御用金の用立てを求める。金額は八万両」

「お断りいたしまする」

山下の口上を分銅屋仁左衛門が一蹴《いっしゅう》した。

「いたしかたなし。では、これにて失礼する」

食い下がることなく、山下が立ちあがろうとした。

「そうお急ぎになられずとも。先日、御用金をお断りしたばかりでございますのに、月も替わらぬうちにふたたびとは、なにかございましたので」

事情を聞かせてくれと分銅屋仁左衛門が頼んだ。

「それもそうであるな。どうせ、儂《わし》は今回でお役御免になろうが、藩はあきらめまい。まちがいなく別の者が寄こされよう。そうなったときに事情をおわかりでないとなれば、不都合もでましょうな」

山下が座り直した。

「お話しをいたしましょう」

「……なるほど。老中堀田相模守さまから、手柄を立てれば南山領を下賜《かし》くださるよう上様へお願いしてもよいと」

「さようでござる」

「いかがお考えでございますか」

分銅屋仁左衛門が山下に問いかけた。

「功績を立てたらというところがいけませぬ」

静かに山下が首を左右に振った。

「はい」

しっかりと分銅屋仁左衛門も同意した。

「過去、お手伝い普請で大幅な加増をいただいたという話は聞きませぬ」

「なるほど」

幕政のことまで分銅屋仁左衛門も知っていない。

「それくらいのこと、江戸家老ともあろうお方がお気づきにならぬのはいささか」

「切羽詰《つ》まっておるからでございましょう」

ため息を吐きながら、山下が話を続けた。

「ご存じであろう、おおむね藩の収入は、江戸が七割、国元が三割に分配される」

「江戸が多いとは存じておりましたが、そこまでとは」

分銅屋仁左衛門が驚いた。

「ちなみに、藩士の数は反対じゃ。国元が七割、江戸が三割。今は手元不如意ゆえ、江戸二割、国元八割でござるが、金は変わっておりませぬ」

「そんなに江戸は金がかかりまするか。いや、諸色《しょしき》が高いことはわかっておりましたが……」

重ねて分銅屋仁左衛門が驚愕《きょうがく》した。

「諸色よりも、つきあいでござる」

「なるほど、さようでございますな」

分銅屋仁左衛門が理解した。

会津藩松平家は一門として扱われているため、外様《とざま》大名ほど厳しい扱いを受けてはいないが、それでも幕府や老中への気遣いは要る。

他にも大名同士のつきあいもあった。

婚姻や養子縁組などは日頃から縁を繋《つな》いでこそうまくいくのだ。

「面目もございますし」

なまじ徳川に連なる名門だけに、当主の身形《みなり》、道具立て、屋敷の構えも格式にふさわしいだけのことをしなければ、陰口をたたかれる。

「恥を掻《か》いた」

江戸城中で藩主が他の大名や役人たちから聞こえよがしになにか言われ、怒りを持ち帰ったら、誰かが責任を取らなければならなくなる。

「大変でございますな、お武家さまは」

「身の程を知れと言うのであろう」

「さて」

皮肉を口にした山下に、分銅屋仁左衛門が笑った。

「とまあ、それだけ金を遣っている江戸で、御上との交渉に失敗を続けていては、家老の能力が疑われよう。事実、国元からかなりせっつかれているとも聞く」

「……………」

分銅屋仁左衛門は無言で同意を示すだけにした。

「井深さまでしたか、ご家老さまは」

「いかにも」

山下が首肯した。

「焦っておられる」

「でなくば、これくらいのこと気づかれぬわけはない」

分銅屋仁左衛門の推測を山下が認めた。

「さて、分銅屋どの。拙者はこれにて」

「いろいろとありがとうございました」

去る山下を分銅屋仁左衛門は店の外まで見送った。

分銅屋仁左衛門は左馬介を供に田沼意次のもとへと急いだ。

「……相変わらず、武士というのは愚かだな」

左馬介が井深深右衛門の対応にあきれた。

「ご自身で金を稼がれることがございませんからね。一文、一分、一両の重みがおわかりではない」

分銅屋仁左衛門も左馬介同様にあきれていた。

「十万両、八万両、見たことも考えたこともない大金でも帳面では、一行。それでわかった気になられても困ります」

「たしかにそうなのだろうが、吾もわからんぞ。十万両なんぞ見たこともないし、手元に有っても戸惑うだけだ。いや、恐怖するな」

「恐怖でございますか」

おもしろそうな顔を分銅屋仁左衛門が左馬介に見せた。

「怖いわ。そんな金持っているだけで狙われぬか、奪われぬかと震えあがる」

「ぱあっと散財してやろうとはお考えになりませんか」

震える左馬介に分銅屋仁左衛門がほほえんだ。

「どうやって十万両もの金を遣うのだ」

「博打《ばくち》、女、酒、美食」

「大金を持って博打場へ行くなんぞ、裸で狼の群れのなかに飛びこむようなもんだぞ。女も天下の美姫を侍《はべ》らそうにもこっちは一人、二人も三人も要りはしない。酒も美食も過ぎれば毒だ」

左馬介が手を振った。

「小判を敷き詰めて、その上で寝てみたいとも思われませんか」

「冷えて腹を下すだけぞ」

「広大な屋敷に住みたいとは」

「厠《かわや》に間に合わなくなりそうじゃ」

「くくく」

実際に両手で腹を押さえた左馬介に、分銅屋仁左衛門がたまらぬと笑った。

「いやいや、さすがは諫山さま、悟っておられますな」

「冗談だろう。拙者は欲にまみれた俗人だぞ。毎食白飯を腹一杯喰いたい、美しい女人を側《そば》に置きたい……」

そこまで言った左馬介が考えこんだ。

「酒は好きだが、毎日呑みたいとは思わぬ。博打は嫌いじゃ」

「それで」

　先を分銅屋仁左衛門が促した。

「雨漏りもせぬ、障子に穴も空いていない住処《すみか》があり、朝、昼、晩、そして夜食と白飯をいただき、その、まあ、どうこうできるものではないが、喜代どのや加壽美姐《ねえ》さんという美しい女人も近くにいる。こうやってあらためて見ると、すべては叶《かな》っておる」

「まさに一休《いっきゅう》禅師でございますな。起きて半畳、寝て一畳、人というのはそれだけあれば生きていける」

「名言なのかの。一畳では寝返りもできん気がする」

「……勘弁してください」

　とうとう分銅屋仁左衛門が笑いで身をよじった。

「たしかに金はあの世へ持っていけません」

　分銅屋仁左衛門が笑いを収めた。

「そんなこと、わざわざ言われなくともわかっている。それでも人は金を欲しがる。なぜでしょう」

「不安だからではないか。金がなければ人は生きていけぬ」

　問うたのか独り言なのか、分銅屋仁左衛門が口にした疑問に左馬介が答えた。

「田畑を耕せば良いではございませんか。自ら米を作り、大根や菜を育てる」

「作ったものがすべて己《おのれ》のものになるなら、それもあるな」

「年貢でございますか」

分銅屋仁左衛門が足を止めた。

「……稔《みの》りの半分を持っていかれる。まったく理不尽なことよ」

左馬介がため息を吐いた。

「田畑は領主のもの。その借り賃とすればおかしくはございませんよ」

「そう言えばそうなのだろうがなあ。山や林を切り開いて土地を開拓したのが、大名だというならばわかる。しかし、百姓が自力で木を切り、水を引いて作りあげた新田も年貢を取る。すでにある田畑と新田、扱いが違って当然だと思うのだが」

「新田の場合、三年は年貢免除と聞いたことがございますよ」

「隠《かく》し田《だ》として罪になるほうが多い」

左馬介が首を横に振った。

「会津藩松平家の一揆《いっき》もそれでございましたな」

「すべてがそれとは思わぬが、大きな一因ではあったはずだ」

うなずく分銅屋仁左衛門に左馬介が応じた。

左馬介の父は会津藩松平家で微禄《びろく》の家臣として仕えていた。一応、武士身分ではあったが名門ではなく、どちらかというと足軽に近い下級の藩士であった。

「軍役に応じ、人を減らすな」

藩祖保科正之の遺訓など、家老などの重職からしてみれば目の届く範囲にしか影響を及ぼさない。顔も見たことはない、何の役に立っているかもわからない、同僚とも言えない下級の藩士など切り捨てても何一つ痛痒《つうよう》を感じない相手でしかなかった。

結果、諫山家は会津藩松平の家臣から、浪人へと墜ちた。

左馬介は大名というものが、己の都合で解釈を変えるとわかっていた。

「新田が隠し田。そうすれば三年の年貢免除はなくなる」

「そりゃあ、百姓も怒る」

分銅屋仁左衛門の言葉に、左馬介は憤《いきどお》りを見せた。

隠し田の罪は重い。大名家が高直しを幕府へ求めず、そのままにしていた場合、軍役への違反となる。もっとも昨今の幕府は諸国巡見使を出すだけの余裕もないため、隠し田で咎《とが》めを受ける大名はいなくなっているが、重罪であることには違いがなかった。

当然、大名が潰されるほどの重罪とくれば、隠し田を所有している百姓はもっと悲惨な目に遭う。

「死罪」

基本、領内だけでなく天下の仕置きも一罰百戒《いちばつひやっかい》を旨としていた。

こんなことをすれば、このような目に遭うぞ、だからするなというのが咎めの本質である。だからこそ、市中引き廻し、磔《はりつけ》獄門《ごくもん》、百叩きなどという咎めがあった。

「新田を開発せよ」

藩からそう命じられて、山を開いて新田を作った百姓にしてみれば、たまったものではなかった。

そのうえ新田開発に藩から補助はでないのが普通であった。

「道具を買う金は用立てよう」

張っている木の根、人の背を凌駕《りょうが》する高さまで伸びた雑草。これらを処分するのに、木でできた鍬《くわ》や稚拙な技術で作られた粗悪な鎌では、勝負にもならない。

鉄の鍬、鍛鉄で作られた鎌などを購入できるような援助をしてくれる藩もある。

だが、資金の提供はなかった。

「人を雇いたい」

新田開発は重労働であるし、長い期間がかかる。いくら三年年貢なしだとはいえ、本来の田畑を放置することはできない。

とくに水田は手間暇を掛けなければならず、一度田植えをしないだけで死んでしまう。

従来の田畑を維持しつつ、新田開発もとなれば、人手がいくらあっても足りなくなった。

「……金と人手と労苦を使って、ようやく手にした新田を隠し田として取りあげられれば、怒るのは当然でございますよ」

「斬り盗《と》り強盗、武士の倣《なら》い……か」

左馬介が吐き捨てた。

「着きましたよ。落ち着いてくださいな」

理不尽に怒った左馬介を、分銅屋仁左衛門がなだめた。

四

田沼意次の下城には少し間がある。

分銅屋仁左衛門は田沼家用人の井上と金の話をすませることにした。

「お預かりしたもののうち、三品だけ手元に留《とど》めておりまする。一つは値付けが難しく入れ札といたしましたため、残り二つはいささか出所が知れ易《やす》すぎるかと思い、売る相手を選別しております」

「うむ。結構だ。委細はおぬしに任せると殿も仰せである」

井上が了承した。

「お代金はお預かりしてでよろしゅうございましたか」

「今のところ、急な用はないゆえ、預ける」

「では、いつものように貸し付けに回しておきまする」

「うむ」

分銅屋仁左衛門の返答に井上が首肯した。

「ところで分銅屋、巷《ちまた》で当家の評判はいかがかの」

田沼意次の帰邸まで井上が雑談を持ちかけてきた。

「悪うございまする」

「そうか、悪いか」

少しだけ井上が眉をひそめた。

井上は田沼意次が二千石となった寛延《かんえん》元年（一七四八）に新規召し抱えとなった。

まだ紀州藩士から旗本になって二代にしかならない田沼家においては、古参の家臣であり、用人として家政を任されるだけ信頼も厚い。

「と申しましたところで、お城下の商人や町人はさほど気にいたしておりませぬ」

「それは影響が出ておらぬからだな」

　井上が確認した。

「はい。民は天下の先行きなど気にいたしませぬ。ただ、その日と明日が安泰であれば、不満を持ちませぬ」

「であるな」

　分銅屋仁左衛門の話に井上が同意した。

「となると、悪いのは……」

「お大名、お旗本、そして陪臣《ばいしん》の方々で」

　問われた分銅屋仁左衛門が告げた。

「どのように、主のことを申しておる」

「……………」

　さすがに言いにくい。分銅屋仁左衛門が黙った。

「守銭奴《しゅせんど》、武士の風上にも置けぬ、金の亡者、あとは上様のご寵愛《ちょうあい》を盾にする奸物《かんぶつ》」

「……これは」

「殿」

苦笑しながら入ってきた田沼意次に、分銅屋仁左衛門と井上が絶句した。

「ああ、上様を欺《だま》して天下を私する奸臣というのもあったな」

田沼意次が思い出したとばかりに付けくわえた。

「来ておったか、分銅屋」

「お邪魔をいたしております」

笑いかけた田沼意次に、分銅屋仁左衛門が恐縮した。

「お出迎えもいたしませず」

井上が主の戻りに気が付かなかったことを詫びた。といったところで用人は執務多忙なため、主君の帰邸を出迎えなくても問題にはならない。

「よい。来客対応の前に、分銅屋と話をしてしまおう。付いて参れ」

田沼意次が誘った。

「はい。井上さま、ご無礼を仕《つかまつ》りまする」

井上に一礼して、分銅屋仁左衛門が田沼意次に従った。

「着替えしながらになる。許せ」

近習《きんじゅ》に手伝わせて裃《かみしも》を脱ぎながら田沼意次が述べた。

「どうぞ」

分銅屋仁左衛門が首を縦に振った。

「で、なにがあった」

「本日……」

会津藩松平家の用人山下から聞いた話を分銅屋仁左衛門が伝えた。

「老中堀田相模守がか」

聞き終わった田沼意次が険しい表情を浮かべた。

「……あやつめ、会津と余を両方排除するつもりだな」

田沼意次が怒りの声で言った。

「お手伝い普請を手柄になんぞできるはずはない。お手伝いなのだ。これが会津から将軍家菩提寺《ぼだいじ》にふさわしい山門を寄進したいと願い出たならばまだしも、お手伝い普請では決して功績にはならぬ。功績にしてしまえば、他のお手伝い普請もそうしなければならぬ。天下人は公正でこそ崇《あが》められる」

「仰せの通りかと」

分銅屋仁左衛門が首肯した。

「当然、会津はお手伝い普請をした後、南山領をいただけると思いこむ。しかし、いつまで経っても下賜はない。となれば会津は相模守にどうなっているかと問いただすだろう。そこで相模守が、余の名前を出せば……」

「会津さまのお怒りは主殿頭《とのものかみ》さまに向かいましょう」

分銅屋仁左衛門が首を左右に振った。

すでに会津藩松平家と田沼意次の仲は、決裂していた。お手伝い普請を避けたいと金を持ってきた会津藩松平家の対応を気に入らなかった田沼意次は、井深深右衛門を追い返している。

当然、井深深右衛門は田沼意次を恨んでいる。そこに老中首座から、会津松平家へ与えられるはずだった褒賞が田沼意次に邪魔されたとあれば、まちがいなく敵対する。

「成り上がり、足軽の出と侮《あなど》られているのはわかっていたが、芽を潰しに来たか、相模守め」

田沼意次が憤慨した。

「…………」

「気になるか」

ほんの少し目を大きくした分銅屋仁左衛門に、田沼意次が気づいた。

「ありようはいささか」

素直に分銅屋仁左衛門が応えた。

「喉が渇いたわ。白湯《さゆ》を余と分銅屋、諫山にもな」

「はっ」

命じられた近習が居室を後にした。

「そんな馬鹿はおるまいと思うが、田沼の先祖が足軽だとわかれば、家中《かちゅう》の者が余を軽んじるかも知れぬでの」

先ほどの言葉だけならば、まだ老中の誣告《ふげん》でしかないとごまかせる。

「余が生まれる前の話だからの。詳細は知らぬ」

一応の前振りをして、田沼意次が語り始めた。

「田沼家は代々紀州藩の足軽だったという。それが祖父のとき体調を崩し、お役目を果たせぬとして致仕《ちし》いたしたらしい。浪人となった祖父は和歌山城下の寺に寄寓し、父は遠き縁のあった藩士田代どののもとで育った。吾《わ》が父を褒《ほ》めるのはどうかと思うが、父はかなり優秀であったようでな、田代どのの娘を妻にもらったうえ、まだ部屋住みであった先代上様のお側へと推挙していただいた。そこからは先代上様のご出世に伴い、三百俵の扶持米《ふちまい》取りから六百石の旗本へと引きあげていただいたのよ」

「それで先代さまに」

分銅屋仁左衛門が、田沼意次が吾が身の悪評を気にもせず、吉宗の遺訓に邁進《まいしん》する理由《わけ》にあらためて納得した。

「うむ。田沼家は先代上様にお返しできぬほどの恩がある」

田沼意次が強くうなずいた。

「嫌われまするな」

「わかっておる。堀田相模守をはじめとする老中どもは、先代上様がご存命のおり、ただの飾りであったからな」

幕政を立て直すには将軍親政しかないとの信念をもって改革に挑んだ吉宗は、老中たちに奪われていた政《まつりごと》を取り返した。

「このようにいたしたく」

「ならぬ」

吉宗は執政《しっせい》の要求を一言で蹴飛《けと》ばし、

「あまりにも前例から離れております」

「その前例を続けてきたことで、幕府は朽ちかけているのだぞ」

無茶だと諫《いさ》める老中を吉宗は叱り飛ばした。

「御上の面目が立ちゆかなくなりまする」

「なにとぞ、お考え直しを」

とくに上米令《あげまい》での反対は強かった。一万石につき百石上納させることで、参勤交代の江戸在府を半分にするという上米令は幕府が定めた軍役を自ら破るという禁断の手であった。

「黙れ、軍役を果たさせるより、幕府の蔵に金を貯《た》めることこそ重要じゃ。空の蔵で戦《いくさ》ができるか」

それを吉宗は聞かなかった。

「輔弼《ほひつ》の任に能《あた》わず」

吉宗への反感、脅しから辞任を口にする老中もいたが、

「ご苦労であった」

慰留も引き留めも吉宗はしなかった。

こうして老中たちは、己たちは吉宗にとって不要でしかないと悟り、名前だけの執政の地位に甘んじることになった。

その吉宗がついに死んだ。そして跡を継いだ九代将軍家重《いえしげ》は、言葉さえ紡げない暗愚な質である。

「ふたたび、我らが天下を動かすときがきた」

「幕府は正しき形に復した」

老中たちが歓喜の声をあげた。

言葉を話せない家重の意思などどうでもできる。

「上様は、お認めにならぬとのことでございまする」

だが、家重には大岡出雲守忠光《おおおかいずものかみただみつ》が付いていた。

幼少のころから小姓《こしよう》役として家重に付き従っていた大岡忠光は、他人には唸《うな》っているようにしか聞こえない家重の言葉が理解できた。

報告だけをして、何を言っているかわからないのを逆手に取り、すべて老中の都合の良いように受け取るという策は潰れた。

「このようなこと、上様へ申しあげるわけには参りませぬ」

ならば大岡忠光を通じなければ意思表示ができぬ家重に、理解の及ばぬようわざと内容を難解にしたものや、数で圧迫をかけ執務を嫌がるように仕向けようとしたものは、お側御用取次《そばごようとりつぎ》の任に就いた田沼意次によって弾かれる。

「大岡出雲守と田沼主殿頭が邪魔である」

御用部屋が一致団結するのは自明の理であった。

だからといって家重の精神を支えている大岡忠光を排除するのは悪手であった。

「弟宗武《むねたけ》に将軍を譲り、大御所《おおごしょ》になる」

家重は言葉が不自由なだけで、字は書ける。

大岡忠光を奪えば、家重は将軍を捨てる。となれば、次は吉宗の息子である田安宗《たやすむね》武、あるいは一橋宗尹《ひとつばしむねただ》のどちらかになる。

「亡父の遺志を継ぐ者なり」

田安宗武も一橋宗尹もどちらも吉宗の血筋にふさわしく、身体も丈夫で英邁《えいまい》である。

それこそ、ふたたび将軍親政に戻りかねない。

「なぜあのお方なのだろう」

執政をはじめ、すべての大名、旗本は家重が嫡男《ちゃくなん》であることに疑問を抱いていた。

「我らの都合によい」

老中をはじめとする役人たちは、家重将軍就任を歓迎した。

たしかに吉宗が死んで、少し老中の権は復活している。しかし、それは老中たちの考えていたものに比べて、はるかに少ない。

その理由が田沼意次にあった。

執政たちがさりげなく紛れこまそうとした令や法度《はっと》を田沼意次は見逃さない。

「上様にご承知いただくより、主殿頭に認めさせるほうが困難である」

老中たちはここにいたって、真の障害がなにかを気づいた。

「余を排除したいのだろうが……それは上様がお許しになられぬ」

田沼意次が断言した。

「上様は、天下に二人しかお味方はおられぬ。大岡出雲守どのと僭越《せんえつ》ながら、余だけが上様を心よりお支え申している」

「将軍さまに忠誠を誓う者がお二人だけとは」

分銅屋仁左衛門が驚いた。

「言いかたが悪かったの。堀田相模守を含めて皆は将軍という地位に忠誠を誓ってはおるが、それは、上様への忠義ではない。明日上様がお代わりになられても、あやつらは変わることなく執務をこなすだろう」

冷たく田沼意次が言った。

「正確に言うならば、余も上様に絶対の忠誠を捧《ささ》げているわけではない。我ら田沼の一族は先代上様にすべての忠義を尽くす。上様は先代さまのご遺志をお継ぎになられておられるゆえ、余は誠心誠意お仕えしている」

「では、田安さまや一橋さまでも……」

分銅屋仁左衛門が尋ねた。

「先代さまのご遺志を尊重なさるのではなく、それにお従いになるならばお仕えいたす」

「堀田相模守さまらに懐柔なされたときは……」

「お退きいただくことになる」

おずおずと問うた分銅屋仁左衛門に田沼意次が感情の籠もらない声で述べた。

「……畏れ入りました」

一瞬の間を空けて、分銅屋仁左衛門が頭を下げた。

「いかぬ。つい話しこんでしまったわ。来客が待っておろう。今日はこれで帰るがよい。会津藩松平家のことよくぞ報せてくれた」

田沼意次が礼を口にして、手を振った。

「では、会津さまにお金を貸さずとも」

「商いであろう。そなたが儲《もう》かると思うならば貸し、駄目だと思えば断ればいい。そこまで余は口を挟まぬ」

確認した分銅屋仁左衛門に田沼意次が淡々と告げた。

会津藩松平家江戸上屋敷へ戻った山下は、ためらうことなく御用部屋へと向かった。

「ご家老さま」

「山下か。入れ」

襖越しに声をかけた山下を待っていたかのように返事があった。

「御免をこうむりまする」

山下が襖を開け、御用部屋に入った。

「ご苦労であった。どうなった」

形だけのねぎらいをすませ、井深深右衛門が問うた。

「断られましてございまする」

「なぜだ。すべて話したのであろう」

「南山領の話もいたしました。それでも断ると」

「……分銅屋は馬鹿か。八万両が十万両になって、いや、倍になって返ってくるというのに」

井深深右衛門があきれた。

「わたくしが悪かったのでございましょう。借りた金を返せなくなったと泣きつき、出入りを禁じられておりますので」

わざとらしく山下がうつむいた。

「そなたのせい……いや、儂《わし》が命じたのだ」

最初に山下は断った。それを無理にと命じたのは井深深右衛門である。さすがに山下を咎めるわけにはいかなかった。

「別の者なれば、あるいは」

山下が井深深右衛門の顔色を窺《うかが》った。

「そうか。しかし、そうなると誰がよい。留守居役《るすいやく》の高橋外記《たかはしげき》は放逐《ほうちく》いたしたし」

左馬介の父左伝《さでん》がもと会津藩士だったことを利用して、金を引き出そうとして失敗した高橋外記は、その咎めを恐れて出奔していた。

「勘定奉行にさせては」

「半日とはいえ、勘定奉行に席を空けさせるのは厳しい」

どこの藩でも財政は逼迫《ひっぱく》している。それをなんとか維持しているのが勘定奉行の働きであった。また、武家で勘定のことを扱える者は少なく、勘定奉行の代理を務めるのは難しい。

「では、ご家老さま直々に」

「儂は一度、分銅屋仁左衛門と遣《や》り合っている」

井深深右衛門が苦い顔をした。

「となりますと……」

山下が思案に入った。

「次席家老の志津《しづ》か」

「いえ、志津さまではいささか格が足りぬかと」

井深深右衛門の出した名前を山下が退けた。

「志津で格が足りぬとなれば……」

「ご一門衆のどなたかがよろしいかと存じまする」

「……ご一門だと」

山下の提案に井深深右衛門が驚いた。

どこの大名にも一門というのはあった。藩主の兄弟で他の大名や旗本に迎えられず臣籍に降りた者、家中の名門に養子として入った者、家中へ縁づいた藩主の姉妹娘が産んだ者などだ。

会津藩松平家にも一門と呼ばれる者はいる。

「一門のお方となれば、分銅屋がいかに御三家や田沼さまに出入りしているとはいえ、粗略には扱えますまい」

「たしかにな」

一門に無礼を働けば、江戸で名だたる豪商といえども無事ではすまされなくなる。

井深深右衛門が名案かも知れないと考えた。

「これは、あくまでも一つの話としてお聞きいただきたく思いまするが……」

「余人はおらぬ。どのようなことでも咎めぬ」

声を潜めた山下に井深深右衛門が応じた。

「万が一、分銅屋がご一門さまになにかしでかしてくれれば、それを弱みとして交渉を良きように運べるのではございませぬか」

「……なるほど」

井深深右衛門が目を輝かせた。

「こちらに都合よくではなく、詫びとして……」

「金を召しあげるのはまずうございまする」

欲を掻きだした井深深右衛門を山下が制した。

「商人は金が命。それを奪おうとすれば必死で抵抗をいたしまする。会津藩は一門を餌食《えじき》に商人を脅しあげ、その金で御上の菩提寺の山門を建てたなどと噂されるのはよろしくないかと」

「むっ、駄目か」

井深深右衛門が眉間《みけん》にしわを寄せた。

「利がなあ」

「分銅屋は低うございますぞ」

実際百両借りている山下の言葉には説得力があった。

「八万両となれば、安いと申しても一年で八千両だぞ」

「では、寛永寺か増上寺でお借りしまするか」

「とんでもないことを申すな」

井深深右衛門の顔色が変わった。

徳川の菩提寺である寛永寺も増上寺も大名貸しで知られている。幕府から払われる莫大《ばくだい》な供養料、徳川の機嫌を取りたいがために大名や旗本が無理して寄進する金で、どちらの寺も金が唸っている。

その金を寛永寺と増上寺は大名に高利で貸し付けていた。しかも担保は取らないのだ。大名たちは争って金を借りている。

ただ、担保は取らない代わりに大名や旗本が増上寺、寛永寺に参拝するときの休息所となる宿坊を保証人として求めた。

「返せませぬ」

大名が借金の期限を守らなければ、

「閉門を命じる」

両菩提寺は宿坊を閉じさせる。

こうなると大名は困った。一年に何度か、徳川家の法要への随伴が大名には命じられる。このとき宿坊が閉じられていれば、休息、着替えなどができなくなる。

まさか、その辺で着替えるわけにもいかない。また、他の大名に宿坊の同席を頼むわけにもいかない。借りを作ることになるからであった。

「利だけでございまするが」

結果、大名は必死の工面で利息だけでも支払う。

今の会津松平家にその利を払うだけの力はなかった。

「誰がよい」

井深深右衛門が山下に相談した。

第五章　執政の姿

一

老中堀田相模守は、井深深右衛門を利用できたことを御用部屋一同で共有した。

「いささか気の長い計画でございますな」

まだ老中になって三年目の酒井左衛門尉忠寄《さかいさえもんのじょうただより》が首を横に振った。

「お手伝い普請《ぶしん》を命じて、山門建立《こんりゅう》に二年はかかりましょう」

「二年も主殿頭《とのものかみ》の顔を見るのか」

本多伯耆守正珍《ほんだほうきのかみまさよし》が冷静に言い、西尾隠岐守忠尚《にしおおきのかみただなお》がため息を吐《つ》いた。

「ご一同。お平らに」

松平右近将監武元《まつだいらうこんのじょうたけちか》が苦情を口にした老中たちに険しい顔をして、諫《いさ》めた。

「ご不満のようじゃの。なれば、すぐに主殿頭を排する策をご提案願おうではないか」

機嫌を悪くした堀田相模守が横を向いた。

「さて、余は上様に隠居をお許しいただくことにしよう。先代さまのときより、お仕えして参り、疲れたわ」

堀田相模守が腰をあげた。

「お、お待ちを」

「相模守どの、落ち着かれよ」

西尾隠岐守、酒井左衛門尉が慌ててなだめにかかった。

「いやいや、のんびりしすぎているというのは、歳《とし》を老いた証《あかし》でござる。老醜を晒《さら》すより、潔く身を退くが華」

引き留めを堀田相模守が拒んだ。

「相模守どのも」

松平右近将監が堀田相模守に首を左右に振って見せた。

「……ふむ」

堀田相模守が座り直した。

「ご一同、ご不満を持たれるなとは申しませぬ。ただし、反対をなさるのならば、その理由と代案を出すべきでござる。なんでも反対、どうしても受け入れられぬと言うだけならば、門番でもできまする。政《まつりごと》をなす者がそれでは困りましょうぞ」

あらためて松平右近将監が他の老中たちをたしなめた。

「……………」

「でござった」

「恥じ入りまする」

西尾隠岐守、酒井左衛門尉、本多伯耆守が堀田相模守へ頭を垂れた。

松平右近将監は、ご家門と呼ばれる徳川の一門大名である。六代将軍家宣の弟松平清武《きよたけ》を祖とする越智《おち》松平の三代目にあたる。松平清武には女子しかいなかったため、直接家宣の血を引いているわけではないが、出自は尾張徳川家の一族高須《たかす》松平家であり、血筋としては老中随一であった。

本来ご家門は執政《しっせい》になれないのだが、大御所となっていた徳川吉宗の推挙で御用部屋入りを命じられていた。

「相模守どのよ、会津は思うように動きましょうや。褒美《ほうび》を約束したわけではないのでございましょう」

ようやく落ち着いた堀田相模守へ松平右近将監が懸念《けねん》を表した。

「動く」

短く堀田相模守が断言した。

「会津には後がない」

「ふうむ」

小さく唸《うな》りながら松平右近将監が考えた。

「堅物《かたぶつ》すぎ……でございますな」

「ああ」

呟《つぶや》くように答えた松平右近将監に堀田相模守がうなずいた。

「三代将軍さまのご厚恩に、いまだ縛られている」

堀田相模守があきれた。

「よきことではございませぬか」

「本気でそう思っているのか、右近将監」

言った堀田相模守に松平右近将監が嘲笑《ちようしよう》を浮かべた。

「めでたいこと。六代もの間裏切られることなくこられたわけでございましょう」

「たしかにな」

松平右近将監の言葉に堀田相模守が同意した。

「……………」

二人の間に、西尾隠岐守をはじめとする三人の老中は入れなかった。

「当家も貴家も……」

「一度御上《おかみ》から手痛い目に遭わされておる」

松平右近将監と堀田相模守が顔を見合った。

「ともに先を見通せなかったがゆえの失策ではあるが……」

「あまりに無道でござる」

二人が表情を険しくした。

「会津もそろそろ痛い思いをしてよいのではないか」

「でございますな」

「そうかっ」

二人の遣《や》り取りを見ていた本多伯耆守が声を漏らした。

「どういうことかの、伯耆守どの」

「是非、教えていただきたい」

西尾隠岐守と酒井左衛門尉が本多伯耆守に求めた。

「御上から痛い目に遭わされたということでござる」

本多伯耆守が説明を始めた。

「まず堀田相模守どののことでございまするが、堀田家のことはご存じでございましょう。家光さまに見いだされた加賀守どのの弟、筑前守どのが顚末《てんまつ》」

「顚末……」

あまりいい意味では使わない言いかたに西尾隠岐守が反応した。

「大老となられた堀田筑前守どののことでございますな」

酒井左衛門尉が確認した。

「さようでござる。五代将軍綱吉さま擁立の功績をもって大老となった堀田筑前守どのは、城中で若年寄稲葉石見守《いなばいわみのかみ》によって刃傷《にんじょう》を受けられ亡くなられた。その後、まったく罪はなかったにもかかわらず、堀田家は譜代名誉の地古河《こが》から山形、そして福島へと移された。しかも山形から福島へは一年ほどしか空いてなかった」

「一年で二度の転封《てんぽう》はきつい」

西尾隠岐守が思わず漏らした。

大名の転封というのは、金がかかる。大名だけでなく、家臣も全部動くのだ。さらに菩提寺《ぼだいじ》や城下の商人たちも付いてくることもある。

その費用も馬鹿にならないが、移封先であらたな生活を送るのに金もかかる。いや、その前に引っ越し前の領地で発行した藩札《はんさつ》や借り入れなどの精算をしなければならないのだ。

よほど裕福な大名でなければ、まず大きな借財を背負うことになる。それが何十年に一度ならばまだどうにかなる。その転封を堀田家は一年ごとに二回喰《く》らった。

それがまだ実高の多い土地、ようするにいい領地への転封であればまだよかった。だが、堀田家が移された福島藩は物なりの悪いところで、表高《おもてだか》より実高が低い。

転封の借財、さらに稔《みの》りの悪い領地と堀田家は藩財政に大打撃を受けた。

「暇を取らせる」

まず堀田家は家臣の多くを召し放った。このとき致仕《ちし》を命じられたなかに、後六代将軍家宣の知恵袋となる新井白石《あらいはくせき》がいた。

「無念なり」

長い浪々の末で摑《つか》んだ大老家の儒学者という地位を失った新井白石は、家宣、その子家継《いえつぐ》という二代の間、八代将軍吉宗によって罷免《ひめん》されるまで、堀田家を冷遇した。

その新井白石と松平右近将監家はかかわりがあった。

松平右近将監と血は繋《つな》がっていないが、六代将軍家宣の異母弟だった清武は七代将軍候補の一人であった。家宣には家継という嫡男《ちゃくなん》がいたのにもかかわらず、跡継ぎの問題が出たのは、家継が幼すぎたからであった。家宣が命旦夕《たんせき》に迫ったとき、家継はまだ三歳、ようやく襁褓《むつき》が取れるかどうかといったところで、とても天下の将軍の務めが果たせるとは思えなかった。

そのとき将軍候補になったのが、尾張徳川吉通《よしみち》と松平清武であった。

「我ら傅役《もりやく》がお世継ぎさまをしっかりと補佐すれば、正統をゆがめずともよろしかろう」

家宣から一子家継の傅育《ふいく》を頼まれていた新井白石が、そう言ったことで七代将軍は家継に決まった。

結果、松平清武は将軍となれなかった。さらに四年後、家継の死によって生じた将軍継嗣問題でも松平清武は敗北、館林《たてばやし》という将軍家ゆかりの地から左遷の地とされている陸奥《むつ》棚倉《たなぐら》へと移された。

いわば堀田相模守と松平右近将監はどちらも新井白石の被害者であった。

「恨みをもたれて当然でござるなあ」

酒井左衛門尉が納得した。

「将軍家より受けた咎《とが》めというか扱いを、天下の権を握ることでなかったことにしたいとお考えなのか」

「執政に任じられた段階で、名誉挽回《ばんかい》はなっていると思うのだが」

西尾隠岐守が首をかしげた。

「どちらも一つことが違えば、天下の政を担われていた……そうであろう」

「松平家は将軍になったかも知れず、堀田家は大老家として君臨していたかも知れずか」

本多伯耆守の話に酒井左衛門尉が首を縦に振った。

「そして……両家とも将軍側近に恨みが……」

「ああ、新井白石か」

「それで主殿頭も嫌われているのか」

老中たちの合点がいった。

「たしかに主殿頭はうっとうしい」

「うむ。分をわきまえておらぬ」

「執政が将軍家に会うのを拒むなど論外じゃ」

三人も田沼意次への文句はある。

「お役目とはいえ、あれではの」

「政などしたこともないであろうに、我らの提案を却下するのはあまりに傲慢《ごうまん》である」

西尾隠岐守と本多伯耆守が苦い顔で吐き捨てた。

「二年で排除できるか」

「短いといえば短いが」

「長いといえば長いの」

三人がそろって嘆息《たんそく》した。

「一気にお役御免にはできぬしな」

「上様がお認めになられぬ」

ぼやく西尾隠岐守に本多伯耆守が合わせた。

「なによりお役御免にする口実がない」

「最近、賄賂《まいない》を受け取っていると聞いたが」

首を横に振る本多伯耆守に、酒井左衛門尉が述べた。

「一人、二人なれば賄賂といえようが、あれだけの数になるとの。金を贈ったが望みを叶《かな》えてもらっていない者のほうが多くなる。それこそ、希望を果たした者が偶然だと言われれば、否定できぬ」

「そもそも音物《いんもつ》は挨拶《あいさつ》として慣例になっている」

奨励こそしていないが、権門への贈りものは礼儀として成立していた。今の老中たちももらっている。

「……力で排除する」

「八方塞《ふさ》がりだの」

ため息を吐いた本多伯耆守に、西尾隠岐守が言った。

「刺客でも送るのか」

「愚かなことを」

本多伯耆守と酒井左衛門尉が驚愕《きょうがく》した。

「もちろん、我らが手を下すのではないぞ」

二人の反応に西尾隠岐守が手を振って否定した。

「ではどうするのだ」

「先ほどの話よ。主殿頭に金を渡したが望みを叶えられなかった者を使うのはどうだ」

「そそのかす……か」

西尾隠岐守の案に酒井左衛門尉が悩んだ。

「それはおもしろいの」

「やってみても無駄にはなりませぬな」

ずっと話に加わってこなかった堀田相模守と松平右近将監が口を出した。

「手間はかかるが確実な一手と……」

「すぐに結果の出る強行手段」

堀田相模守と松平右近将監が顔を見合わせてうなずきあった。

二

会津藩松平家が分銅屋への使者として選んだのは、一門で無役の松平内匠《まつだいらたくみ》であった。

松平内匠は先代藩主の妾腹《しょうふく》の姫が嫁いで産んだ息子で、千石という高禄《こうろく》を与えられていた。

「余の名前を出せば、商人など畏《おそ》れ入るだろう」

松平内匠は自信満々で分銅屋へと向かった。

「お見えになりましてございまする」

山下の進言もあり、前日に来訪の旨は告げてある。

番頭が松平内匠の到着を報《しら》せた。

「お出迎えしないというわけには参りませんな」

礼儀を尽くしてきたのなら、こちらも応じなければならない。

面倒くさそうに分銅屋仁左衛門が出迎えに立った。

「会津藩松平家の松平内匠である」

「当家の主《あるじ》分銅屋仁左衛門にございまする。どうぞ、奥へ」

「うむ」

腰を低くして対応する分銅屋仁左衛門に松平内匠が満足そうにうなずいた。

「どうぞ」

分銅屋仁左衛門が用意したのは、二番目の客間であった。最上級の客間を使うほどの相手ではなく、かといって最下級では問題になる。

「あらためまして、本日はようこそのお見えでございまする」

普通ならばお出《い》でいただき光栄だとか、ありがたく存じますと言うところを、分銅屋仁左衛門は事実を口にするだけに止《とど》めた。

「うむ」

先ほどと同じように鷹揚《おうよう》にうなずいた松平内匠が雑談を始めた。

「初めて両替商というところに来たのだが、なかなかに大きな店であるな」

「お客さまのおかげをもちまして、商いを無事にさせていただいておりまする」

またも分銅屋仁左衛門は客すべてと対象を広げて応じた。

「さほどの両替というのは儲《もう》かるのか」

松平内匠が下卑《げび》た質問をした。

「利は少のうございまする。ただ、一生懸命に商いをいたしておるだけで」

「そうか」

「……………」

分銅屋仁左衛門は黙った。

身分が違うため、こちらから何をしに来たとは訊《き》けない。

「ところで分銅屋、本日参った件であるが」

「お伺いいたしましょう」

松平内匠が話を切り出した。

「当家に金を用立ててよ」

「いかほどでございましょう」

山下から聞いているが、分銅屋仁左衛門はわざと問うた。

「八万両じゃ」

「無茶を仰せになりまする。当家にそれほどの金はございませぬ」

金額を確認した分銅屋仁左衛門が断った。

「偽りを申すな。そなたは十万両の財を持つと聞いておる」

「たしかに合わせればそれくらいございましょうが、財のなかには店の敷地と建物、所有しておりまする長屋なども含まれておりまする。それらを除けばとてもとても」

分銅屋仁左衛門が首を左右に振った。

「むっ、ではそれらを売れ」

「ご冗談を。店を売ってしまえば、分銅屋は潰《つぶ》れまする」

松平内匠の指示に分銅屋仁左衛門があきれた。

「当家から禄をくれてやる。百石あればよかろう」

「百両と十万両を引き換えにできると」

「武士になれるのだぞ。それもその辺の端侍《はざむらい》ではない。会津藩松平家というご家門のだ」

どうだと松平内匠が胸を張った。

「八万両をお貸しする利子としても百石では」

「なにを申す。武士に取り立ててやるのだ。八万両は献上じゃ」

松平内匠が当然のことだと言った。

「失礼ですが、松平さまは何石をお食《は》みになられておられますので」

「余か。余は一門として千石をいただいておる」

「千石……百石の十倍。ならば相当な献上をなされたのでしょう」

「…………」

「おや、いかがなさいました。ご一門といえば、本家を支えるのがお役目かと」

分銅屋仁左衛門が怪訝《けげん》な顔をした。

「一門はいざというとき、本家に血筋を返すためにある。つまりは藩主となるべき高貴な家柄じゃ。その一門が金などにかかわるわけなかろう」

松平内匠が声を大きくした。

「それは不思議なものでございます。我ら下々の間では、金が足りなければまず親戚《しんせき》を頼るものでございますのに」

「…………」

ふたたび松平内匠が黙った。

「金が要《い》るならば、まずご家中《かちゅう》から、そして領民から募られるべきでございまする。それで足りないところを他から補う」

「家臣から金を無心しろと申すのか。大名が家臣から……そのような恥ずかしいまねなどできるはずなかろう」

「まったく縁のない商人から金を取りあげようとするのは恥ではないと」

「ぐじぐじとうるさい奴《やつ》じゃ。きさまは黙って言う通りにしておれば良いのだ」

「……はあ」

「どうした、ありがたく承《うけたまわ》れ」

嘆息した分銅屋仁左衛門に松平内匠が強要した。

「諫山さま」

「これにおるぞ」

呼ばれた左馬介が、廊下から顔を出した。

「そなた、何者じゃ」

松平内匠の供侍が刀の柄《つか》に手をかけて、誰何《すいか》した。

「田沼さまのところへ行ってくださいますか。用人の井上さまに無理難題を押しつけられているとお伝えくださいまし」

「おう」

左馬介が応じた。

「待て、待て。止めよ、鶴三郎《つるさぶろう》」

「はっ」

慌てた松平内匠が警固の供侍に命じた。

「止まれ、止まらぬか」

供侍にしてみれば、主の言葉は絶対である。

「…………」

当然、左馬介も雇い主の分銅屋仁左衛門の指示に従う。左馬介は松平内匠、そして鶴三郎と呼ばれた供侍の制止を無視した。

「ええい、取り押さえよ」

業を煮やした松平内匠が、実力行使を許可した。

「おとなしくいたせ」

鶴三郎が左馬介を取り押さえにかかった。

「はあぁ」

「ぐっ」

ため息を吐いた左馬介に足を払われ、まともに腰を打った鶴三郎がうめいた。

「きさまっ」

松平内匠が怒りで腰を浮かせた。

「かまいませぬ」

気にせず行けと分銅屋仁左衛門が手を振った。

「承知」

左馬介が止めた足を進めた。

「鶴三郎、許す。斬り伏せよ」

松平内匠が叫んだ。

「諫山さま、衣服を汚すと喜代が泣きますよ。血は洗いにくいですからね」

分銅屋仁左衛門が口の端を吊《つ》りあげた。

「それはいかぬ」

男は女の涙に弱い。ましてや目の前で泣かれるのは辛《つら》い。

「神妙にいたせ」

太刀《たち》を抜いた鶴三郎が斬りかかってきた。

「殺す気満々ではないか」

神妙にとはおとなしくしろということである。ようは、黙って斬られろと言っているのと同じであった。

「斬られる義理はなし」

左馬介は鉄扇《てっせん》を抜いて、落ちかかってくる太刀を下から叩《たた》きあげた。

「えっ……」

鉄扇に叩かれた鶴三郎が、その衝撃に唖然《あぜん》とした。

「遠慮はせぬ」

すっと鶴三郎の懐《ふところ》に入った左馬介が、鉄扇の先を振るった。

「がっ」

人体の急所の一つ、喉下を突かれた鶴三郎が気を失った。

「……鶴三郎。きさまっ」

供侍を倒された松平内匠が激高した。

「そ、そこへ直れ。手討ちにしてくれる」

松平内匠が太刀を手に取った。

「会津藩を潰しますか」

それへ分銅屋仁左衛門が冷ややかな声をかけた。

「なんだとっ」

「商家でその奉公人に斬りつける。無礼討ちは通りませんよ」

「無礼討ちであろうが。浪人が吾《わ》が家臣を叩いたのだぞ」

言われた松平内匠が言い返した。

「誰がそのことを証言しますので」

「余と鶴三郎が……」

「金を借りに来て断ったら暴れた」

「……うっ」

淡々と分銅屋仁左衛門に言われた松平内匠が詰まった。

「世間はそう取りますよ。会津さまが金を貸せとなんどもお見えであることは、田沼さまもご存じでございますし」

虎の威を借りる狐《きつね》というが、そのために分銅屋仁左衛門は田沼意次に便宜を図っているのであり、もちろんそのことを承知で田沼意次は分銅屋仁左衛門を利用している。

もっともまずいとなれば、田沼意次は遠慮なく分銅屋仁左衛門を切り捨てるだろうが、それは分銅屋仁左衛門も同じであった。

「それとも切腹覚悟でわたくしの首も獲《と》られますか」

分銅屋仁左衛門が松平内匠を見つめた。

「させぬがの」

いつの間にか左馬介が分銅屋仁左衛門の隣に立っていた。

「あのお侍はどうなさいました」

「下緒《さげお》で足をくってある」

「結構で」

左馬介の答えに分銅屋仁左衛門がうなずいた。

「おのれはっ」

松平内匠が激怒の表情を見せた。

「少しはお考えになったほうがよろしゅうございますよ」

「……なにを言いたい」

分銅屋仁左衛門のあきれに松平内匠が反応した。

「なぜ、今ごろ会津藩松平家にお手伝い普請が内示されたかをでございますよ」

「…………」

意味がわからないのか松平内匠がきょとんとした。

「ご一門にはお手伝い普請は命じられないというのが慣例だと田沼さまから伺いまし

た」

「加賀の前田家には命じられておるぞ」

「いつ加賀の前田さまがご一門になられました」

「えっ……」

松平内匠が一層唖然とした。

「加賀公は御三家と同じ大廊下詰めであられる」

「どこにお詰めかは知りませぬが、加賀さまはときおりお手伝い普請をなさっておられる。それはご存じだと」

「うむ、知っておる」

分銅屋仁左衛門に言われた松平内匠が答えた。

「なぜ、おかしいと思われなかったのでしょう。ご一門にはお手伝い普請は命じられないという慣例が正しいならそこに異常を感じなければなりませぬ。また加賀さまはご一門ではないとしたら、大廊下でございましたか、そちらに席を与えられていることがおかしいと」

「……むうう」

松平内匠が苦悩した。

「おかしなことが二つもある。そこをお考えになられるべきでしょう。ひょっとしたら、御上は会津藩松平家さまをご一門から外されたいのかも知れませぬが」

「そ、そのようなことはない」

分銅屋仁左衛門が投げたもう一つの火薬に、松平内匠が蒼白《そうはく》になった。

「一度、お屋敷へお戻りになられて、皆様方と諮《はか》られたほうがよろしいかと存じますよ」

「そ、そうだな。あっ」

立ちあがった松平内匠が気絶したままの鶴三郎に気づいた。

「諫山さま、駕籠《かご》を」

「手配してこよう」

活を入れてやるほど親切ではない。左馬介は気を失ったままで運べるように駕籠を呼びにいった。

「…………」

何かを言うだけの余裕をなくした松平内匠が、駕籠に乗せられた鶴三郎を連れて帰っていった。

「これですむとは思えません。ご老中さまは甘くはない」

分銅屋仁左衛門が呟いた。

「田沼さまにお任せとはいかぬか」

「いきますまい。老中方にしてみれば、わたくしこそが田沼さまの弱点ですからなあ」

賄賂で贈られたものを金に換えるだけでなく、その金を貸して利を稼ぎ田沼意次の資金にしている分銅屋仁左衛門は、まさに生きている証拠であった。

「弱点……知らぬというのは強いな」

「おや、まるでわたくしが影の王のようなことを」

嘆息した左馬介に、分銅屋仁左衛門がおもしろそうに続けた。

「ところであの供侍になにをしました」

「気づいていたか。いや、あの手の主君が命じたから正義は吾《われ》にありという連中に刃物を持たしておくのは危なかろう。太刀と脇差《わきざし》を鍔元《つばもと》三寸（約九センチメートル）のあたりで叩き折ってやったわ。ああ、もちろん刃先も柄元もちゃんと鞘《さや》へ戻してあるぞ」

訊かれた左馬介が述べた。

「……質《たち》の悪いまねをなさる。持った重さが変わらない。それでは異変に気づかないでしょう」

分銅屋仁左衛門が大きく息を吐いた。

あの供侍が次に刀を抜いたら、刀身のない柄だけが出てくる。戦いの場でそうなったら、負けは確定した。己《おのれ》の意思で人を斬るという最後の矜持《きょうじ》さえ持たぬ者への痛烈な皮肉であった。

「問題は……」

表情を険しくした分銅屋仁左衛門が、江戸城の白壁へと目をあげた。

「あちらには天下という権がある」

分銅屋仁左衛門が小さく口にした。

三

村垣伊勢は田沼意次に召し出されていた。

「最近、分銅屋はどうじゃ」

毎日とは言わないが、かなり頻繁に会っている分銅屋仁左衛門の様子を田沼意次が問うた。

「やはり敵視を向けられることが多いようでございまする」

いつもの芸妓《げいぎ》姿ではなく、女お庭番らしく柿渋《かきしぶ》染めの衣装に身を包んだ村垣伊勢が告げた。

「ほう、なぜだ」

「一つは利が世間よりかなり低いことで、金貸しどもから嫌われておりまする」

「なるほどの。たしかに一割は安い。だが、名のある商家が馬鹿をするとは思えぬし、博打《ばくち》の金を貸すような闇《やみ》の金貸しの敵にはなるまい。闇の金貸しに頼るような客は、分銅屋仁左衛門が相手にすまい」

田沼意次が首をかしげた。

「寺社でございまする」

佐貫の残した備前屋という名から村垣伊勢は背後にいるのが浅草の寺だと調べあげていた。

「……寺社か」

村垣伊勢の答えに田沼意次の眉間《みけん》にしわが寄った。

「寺社は幕府の庇護《ひご》をいいことにやりたい放題しておる。利も高いし、取り立ても厳しいという。たしかにそういった連中にとって分銅屋は目障りだな」

「いかがいたしましょう」

「寺社については、余から寺社奉行に申しておこう。どこかで釘《くぎ》を打たねばならぬ」

「はっ」

こちらで対応すると言った田沼意次に、村垣伊勢が首肯《しゅこう》した。

「後、近々、主殿頭さまからお預かりした品を入れ札にかけるようでございまする」

「入れ札か。それほどのものがあったのか」

いろいろなものを贈られる田沼意次だが、財物に興味がないこともあり、詳細は摑んでいなかった。

「天下の珍宝だと煽《あお》っておりました」

村垣伊勢が報告した。

「ほう。分銅屋をしてそこまで言わせるほどのものとはの。誰がくれたのか、確かめておかねばなるまい。あまりに大きな借りは作りたくない」

高価なものをもらっておきながら、なにもしないというのはまずかった。

「他にはどうだ。どこぞの大名と親しくしておるとかは」

「分銅屋から寄っていくところはございませぬ。ただ、会津藩松平家と御三家の水戸さまが……」

「金の話だな。どちらも金はない」

語る村垣伊勢に田沼意次が手を振った。

「以上か」

「はい」

もう他にはないかと確かめた田沼意次に、村垣伊勢がうなずいた。

「ご苦労であった。今後も目を離さぬようにいたせ」

「承知いたしましてございまする」

村垣伊勢が平伏した。

「ああ、あの諫山という浪人はどうだ」

思い出したように田沼意次が訊いた。

「かなり肚《はら》が据わったように見えまする」

「肚が据わったか。お庭番がそう言うならば、相当なものであろう」

田沼意次が興味を持った。

「たしか会津藩士だったように聞いたが」

「いえ、父が会津藩士で、あの者は生まれたときから浪人であったようでございまする」

「会津も人を見る目がないの」

鼻で田沼意次が嗤《わら》った。

「あまり身分が高くなかったようで、手元不如意につき召し放たれたとか」

「会津は家臣が多すぎるというからの」

田沼意次が村垣伊勢の話に納得した。

「で、ためらいなく人を殺せるか」

「相手によるかと」

尋ねられた村垣伊勢が述べた。

「相手……襲い来た者を返り討ちにするとかか」

田沼意次が微妙な表情をした。

人を殺してはならないと幕府は厳しく取り締まっている。敵を殺し、その首をあげることで立身してきた武士でさえ、その法には従わなければならない。一応、武士には無礼討ちというものがあるとはいえ、よほどの事情でもなければ認められず、主家に影響を及ぼさないよう、相手を討ち果たしたその場で切腹しなければならなかった。

「いえ、分銅屋に危害が及ぶかどうかでございまする」

「……ほう」

村垣伊勢の言葉に田沼意次が目を大きくした。

「まさに忠臣じゃの」

「並の武士よりも厚いかと」

感嘆する田沼意次に村垣伊勢が同意した。

「難しいか、あやつをこちらに引きこむのは」

田沼意次の雰囲気が変わった。

「分銅屋に対する切り札として使いたい」

「……どのような手立てを使っても」

「かまわぬ。金が要るなら言え」

念を押した村垣伊勢に田沼意次が首を縦に振った。


会津藩松平家の上屋敷は、気絶した鶴三郎を駕籠に乗せ、それに付き添うように帰ってきた松平内匠を迎え、大騒ぎになった。

「分銅屋め、なにをした」

松平内匠の役目について知っている者の一部が分銅屋仁左衛門へ激怒した。

「問いただすべきである」

なかには徒党を組んで分銅屋仁左衛門へ押し入ろうという者も出た。

「鎮まれ、委細を聞いておらぬ」

藩邸のことは用人の役目である。

山下が気を高ぶらせる藩士たちを抑えた。

「しかし、ご用人どの、このままですませては当家の名が」

「わかっておる。内匠さまよりお話を伺い、許せぬとあれば、儂《わし》が先陣を切る。ゆえに待て」

まだ収まらない藩士を山下がなだめた。

「内匠どの、いかがであった」

その騒ぎを気にせず、井深深右衛門は御用部屋で松平内匠から事情を聞き取っていた。

「借財は断られた」

「さようでございますか」

もとよりわかっていることである。井深深右衛門は落胆しなかった。

「で、なにがございました」

主題を終えて、井深深右衛門が詳細を問うた。

「吾が従者のことは……」

　鶴三郎が駕籠で運ばれる羽目になった経緯を松平内匠が述べた。

「愚かな。金を借りたいと願った立場を忘れたとは」

　いかに一門とはいえ、格からいけば江戸家老が上になる。

「……しかし、あのまま田沼さまのところへ行かれてはまずかろう」

　松平内匠が言いわけをした。

「詫《わ》びればすんだ」

「しょ、商人ごときに将軍家の血を引く余が頭を下げるだと」

　正しい対処を告げた井深深右衛門に、松平内匠がさすがに目を吊りあげた。

「分家の分家がなにほどじゃ。なんのために千石という高禄をいただいておる。本家に血筋なきとき、当主を出すためなどと言うてくれるなよ」

　七代将軍家継に子がなく、分家の紀州藩から吉宗が本家を継いだことで、分家の価値があがってしまっていた。そのことで分家はもっと尊敬されてしかるべしであると増長する者が多くなっている。

「よいか、今はもう分家から血をという状況ではない。会津松平家の当主にふさわしいお方は大名でなければならぬ。それも五万石ていどでは格が落ちる」

「藩祖の血は……」

「当家と縁を結んだ大名は多くござる。それこそ加賀公にも当家の姫が嫁いでおられる。ずいぶん前のこととはいえ、当家と前田家は血を交わしている」

「百万石からの養子……」

千石では勝負にならない。

「血筋でいけば、御三家であろうが田安さまであろうが、一橋さまであろうが、望めば若君をいただけましょう」

「うっ」

先代藩主の姫が産んだくらいでは勝てない徳川正統の血を出されては、松平内匠に勝ち目はなかった。

「分家は本家のためにある。おぬしが千石をもらっておるのは、姫さまへの気遣いでしかない」

「母への気遣いだと」

「なぜ妾腹とはいえ、姫さまをそなたの父に嫁がせたと思う。会津藩松平家との縁を望む大名はいくらでもいるというのにだ。その理由は、先代さまがそなたの母である姫さまを遠くへやりたくないほど愛《め》でておられたからじゃ」

大名の娘は輿入《こしい》れをすると、まず実家には戻れなかった。父母の病気見舞いであるとか、兄弟の婚姻とかでも難しい。ましてや正室となった姫は江戸に人質として留め置かれ、どのような事情があろうとも国元へ戻ることは許されないのだ。

「いつでも顔を見たい」

松平内匠の母をかわいがった先代藩主は、娘を二度と会えない遠くへやるより格落ちでもよいから手元に置きたいと家中の名門へ縁づけた。

「そなたの父が姫を迎えるにふさわしいというわけでもなく、そなたに将来藩主の座を与えるためでもない」

「な、なっ」

冷たく言う井深深右衛門に、松平内匠が絶句した。

「千石は姫さまへのもの。そして姫さまはすでにお亡くなりになられ、先代さまのお側《そば》で眠っておられる。わかるか、もうそなたの家に気を遣う意味はない」

「…………」

断罪するような井深深右衛門の言葉に、松平内匠がうなだれた。

「今後のこともある。そなたの家は本家のためにあると腹の底へ刻みこんでおけ。本家のためなら、商人に頭を下げるくらいのことは当然である」

「……はい」

松平内匠が折れた。

「下がってよい。しばし、屋敷で謹み、藩祖への崇敬を見つめ直せ」

「はっ」

井深深右衛門に命じられた松平内匠が悄然《しょうぜん》として出ていった。

「手強《てごわ》い」

一息吐《つ》いた井深深右衛門が呟いた。

「うまく松平内匠に傷でも負わせてくれれば、それを利用して分銅屋仁左衛門を取りこめると考えたが、武家に対して、血筋に対して、まったく畏れがない」

井深深右衛門が、執務中は我慢していた煙管《きせる》に手を伸ばした。

「なにより田沼さまを遣うことに、ためらいがなさ過ぎだ」

煙管に煙草《たばこ》を詰め、常備されている火鉢で火を付ける。

「怖《おそ》ろしいと思わぬほど鈍いのか、それともそれだけの強い絆《きずな》があるのか」

火の付いた煙管を咥《くわ》えた井深深右衛門が、首をかしげた。

「分銅屋にこだわるのは危ないか」

うまくつきあえれば、分銅屋仁左衛門を通じて田沼意次とも繋がりができる。

九代将軍家重の寵臣《ちょうしん》とかかわりを持てれば、その恩恵は計り知れないほど多くなる。

「南山領も手に入る。いや、三十万石で館林か甲府《こうふ》、うまくすれば駿府《すんぷ》への領地替えもある」

館林も甲府も徳川家にとって格別な土地である。三代将軍家光の息子綱重《つなしげ》、綱吉が封じられたことでもわかる。江戸に近く、物なりも悪くはない。

駿河《するが》にいたっては表高は実高の倍と言われるほど豊かであった。また、家康の隠居地として選ばれたことで、徳川にとって重要な場所である。

どことなっても冬になれば雪に覆われる会津より、稔りは多い。

「本音を言えば、南山領をお返ししてもよい。会津から移していただきたい。領民との間の溝が埋まらぬ」

国元からそう要望が来ていた。

そもそも百姓は一揆《いっき》を起こさないものであった。

一揆は百姓が領主に抵抗できる手段の一つではあるが、最悪のものでもあった。

「根切りにいたせ」

領主にしてみれば、一揆ほど都合の悪いものはない。

まず、年貢が手に入らなくなる。そして幕府に治政の能力がないと見られることになる。

「領主たりえず」

過去いくつの大名家が一揆によって潰されたか、枚挙に暇《いとま》がないほどであった。

「御上に知られる前に終わらせよ」

当然大名の対応も厳しいものとなった。

島原《しまばら》の乱の二の舞は許されない。かつて島原領主だった松倉《まつくら》家は、一揆の発生を知ったが百姓や浪人が集まったところでどうということはないと、わずかな兵で鎮圧できると考えた。

だが、必死の一揆勢に蹴散《けち》らされ、城下に一揆勢が入りこみ荒らし回られるという醜態を晒《さら》した。松倉家の当主勝家《かついえ》が一連の乱が収束した後切腹ではなく、武士としては恥となる斬首《ざんしゅ》に処せられたのは、この初動のまずさにあったとも言われている。

その一揆を会津藩松平家は起こさせてしまった。

たしかに冷害が続いたという不幸もあったが、藩の救済対応が不十分であったのも原因となった。

「藩はなにもしてくれない」

「年貢を取られれば、生きていけない」

切羽詰まった百姓が決起し、それに会津藩は藩兵を出した。

現実は小競り合いていどで、藩が折れる形で一揆は収束した。おかげで会津藩松平家が幕府から咎められることはなかったが、大きな禍根《かこん》を残した。

領民との信頼関係が破綻《はたん》したのはもちろん、強く出れば藩が退くと知られてしまった。

「何々に運用をかける」

「減らしていた賦役《ぶやく》をもとに戻す」

新しい税を設けるなど論外、一揆を収めるために譲歩した部分を復活させようとしたら、

「もう一度一揆じゃ」

「弱腰な連中にもう一度思い知らせてやる」

百姓たちは今度も藩が退くだろうと一揆を起こす。

「話し合おう」

藩はことなかれですませたいと前回と同じ対応をとろうとするが、さすがに二度退けば、もう百姓たちは言うことを聞かなくなる。

「年貢なんぞ納めるものか」

こうなれば武士というあり方が壊れた。

「なんとしても押さえつけよ」

この状況が他に伝播《でんぱ》しては大事になる。幕府も厳しい対応を会津藩に命じる。

「逆らう者は皆殺しじゃ」

もう藩に取れる方法は一つになってしまう。

当たり前だが、真剣な戦《いくさ》となれば、藩が勝つ。

鉄炮《てつぽう》や弓など百姓にはなく、鎌《かま》や鍬《くわ》で刀槍《とうそう》には敵《かな》わない。

会津藩松平家も大きな被害を受けるが、一揆勢は壊滅させられる。

「治めるにふさわしからず」

しかし勝利にはならない。騒動を起こした責任は取らされ、よくて転封、悪ければ一万石ほどで家名だけが残るだけと、大敗になる。

会津藩松平家としては、火薬庫に近い会津を離れたいというのが本音であった。

だが、そのためには将軍の許可というか、命が要った。

「南山領をもらって一息吐き、その後よき土地への転封……そこまで」

山下が息を呑《の》んだ。

「だが、分銅屋の話でわかった。御上は会津藩松平家を一門ではなく、家臣としたい。

家臣となれば、格別な扱いはせずともよくなり、減封、転封も思いがまま」

「当家をそうする意味は……」

井深深右衛門の語りに山下が疑問を呈した。

「……わからん、一門が多すぎるのかも知れぬし、一度治政に失敗した咎めかも知れぬ」

幕府の意向はわからぬと井深深右衛門が首を横に振った。

「それを考えると、意地でも手伝い普請を避けねばならぬ」

「田沼さまには、仲介を断られました」

井深深右衛門の決意に山下が水を差した。

「…………」

露骨に井深深右衛門が嫌そうな顔をした。

「いや、これは……」

山下が気まずそうにした。

「儂《わし》にも反省すべき点はある」

井深深右衛門が首を横に振った。

「田沼さま以外にお願いしては……相模守さま、隠岐守さま、右近将監さまと。とくに右近将監さまは同じ松平ということでお願いいたしやすいと愚考つかまつる。いかに田沼さまが上様のお気に入りとはいえ、お側御用取次という政に直接かかわれぬお役目でしかございますまい」

「無理だ」

山下の意見を井深深右衛門が断じた。

「なぜ……」

「言わずばわからぬか。当家にお手伝い普請を命じようとなさっておられるのはどなたじゃ。ご老中方であろうが」

「…………」

さらに冷たくなった井深深右衛門の眼差《まなざ》しに、山下が萎縮《いしゆく》した。

「では、大岡出雲守さまは」

おずおずと山下が口にした。

「伝手《つて》があれば、出雲守さまが最上ではあるが……出雲守さまは上様のお側にあることが褒美だとして、加増もお断りしておられるし、来客への応対もなさらぬ。実際は屋敷へ戻る暇もないというのが原因らしいがの」

井深深右衛門が駄目だと告げた。

大岡出雲守が居なければ、意思を伝えることさえ困難な家重なのだ。できるだけ側に置こうとするのは当然であった。

もちろん、大岡出雲守が屋敷にいないとわかっていても面会を希望する者は列をなすし、音物は届けられる。

「ごていねいにかたじけのうございます」

金でも物でも大岡出雲守は受け取ったものと同額のものをすぐに贈り返す。

「色なし」

そこまでされて、大岡出雲守にしがみつこうとする者はいない。

結果、大岡出雲守のもとを訪れる客は激減した。とはいえ、なくなることはなかった。

「先々代のときに婚姻を」

「昌平坂《しょうへいざか》で席を並べた」

わずかな縁を頼って近づく者はとぎれない。

「お話だけお伺いいたしておきまする」

大岡出雲守の用人が用件を聞き、それを主に伝える。

「それくらいならば」

よほど厚かましいものでなければ、聞いた大岡出雲守が手配をする。

「己だけ出世すればよいのか」

こういったかかわりのある連中の恨みは馬鹿にできないのだ。

なにせ大岡出雲守家の衰退は確定している。たしかに家重の寵愛で引きあげてもらっている。過去の寵臣、三代将軍の堀田加賀守、松平伊豆守、五代将軍の柳沢美濃守、六代将軍の間部《まなべ》越前守のような立身はしていないが、それでも殉じなければならない。殉死は禁じられているが、そのままで在ることは許されなかった。

そうなったとき、立身した者への妬みそねみなどの悪意が向けられる。それを防ぐあるいは、助けてもらうには親戚や知友の力添えが要る。

「やはりもう一度田沼さまにお願いするしか」

「どうやって……」

井深深右衛門の決意に山下が首をかしげた。

「分銅屋に伝手を頼んでは」

「会ってくれるとは思えませせぬ」

山下が無理だろうと言った。

「松平内匠の詫びに来たと言えばどうにかなろう」

「詫び……まさかっ」

　そこまで言われれば、いかに鈍くとも気づく。

「本家のために潰されるのも分家の役目じゃ」

「…………」

　冷酷な執政顔を見せた井深深右衛門に山下が絶句した。

「とりあえず、長屋で謹慎させたが、このままでは詫びになるまい。いかに田沼さまへの気遣いとはいえ、たかが商人への無礼で腹を切れとは言わぬ。多少、禄は減らすがな」

「藩の命での使者でございますが」

　人選の責任はそちらにあると山下が恐れた。

「使者が暴力を振るってどうする」

「…………」

「ああ、襲いかかって制圧された供侍だが、あの者は命にしたがっただけじゃ。罰することは許さぬ」

「放逐《ほうちく》もさせぬと」

「従者の責任は主が取るべきである。従者へ与えた罰は、その家のこと。外に向けてにはならぬ」

　井深深右衛門がとかげの尻尾《しっぽ》切りはさせないと言った。

　会津藩松平家は、すでに家中の者の禄を半減している。半知《はんち》借り上げでもっとも被害を受けるのは下級藩士たちであった。もともとの家禄が多いと半減させられても喰うには困らないが、家禄が低いと喰っていけなくなる。

「藩は我らに死ねと言われるか」

「代々お仕えしてきた我らへの仕打ちがこれか」

　下級藩士の不満は溜《た》まっている。そこへ一門の失策をその家臣に押しつけたとなれば、下級藩士たちの不安は爆発する。

「慎みを命じたのは、藩としての罰をどうするかを考えるためである」

　江戸屋敷の責任者として井深深右衛門が話を止めた。

四

　会津藩松平家を餌《えさ》に田沼意次を釣りあげる。

「どこまでお見通しであられたのかの」

堀田相模守は江戸城から上屋敷へ帰るまでの、わずかな時間を利用して、策を見直していた。

「いや、我らが先代上様の策にはまっているのかも知れぬ」

狭い駕籠のなかは日差しも弱まり、薄暗い。

会津藩松平家へお手伝い普請をというのは、将軍家一門を減らすための手段であった。

「家康さまのお血筋」

それを免罪符にしている大名は多い。

「あまり厳しく咎めないでやってくれるように」

その手の大名は、なにかあるとすぐに御三家筆頭尾張徳川家を頼る。また、尾張徳川家もかばう。

「御三家が格別の家柄ではなくなった」

吉宗が将軍となるまでは、御三家はいざというとき本家を継ぐべき控えであると、本人たちはもちろん世間もそう思ってきた。

そして紀州徳川家から八代将軍が出た。

「今回は譲ったが、次こそ尾張から将軍を出すぞ」

尾張徳川家が力を入れたのも無理はなかった。

「田安家、一橋家を創設する」

だが、その希望を吉宗が潰した。

長男家重を将軍世子《せいし》とした吉宗は、次男宗武に田安家を四男宗尹に一橋家を興させた。

「両家ともに領地ではなく、賄《まかな》い料を与え、家臣も旗本から出す」

吉宗の指図は、田安、一橋の二つを将軍家の分家としてではなく、身内衆としたのだ。

ようは二人を外へ出さず、部屋住みとして実家に留《とど》めた形であった。これは武家が、長男になにかあったときのために、次男以下の男子を養子に出したり別家させたりせず、跡継ぎの予備として残しておくのと同じであった。

「今後、将軍家になにかあったとき、田安が第一、一橋が第二の順となる」

吉宗は暗にそう宣言したのである。

「なにをっ」

「神君家康さまが、万一のためにと設けられた御三家をないがしろにするか」

当然御三家は反発する。

「四代将軍家綱さま、六代将軍家宣さまの故例がある」

過去二回、将軍家が跡継ぎなくして死んでいる。そのとき跡を継いだのは、将軍の弟、そして兄弟の跡を継いだ甥《おい》であった。

御三家もこう言われれば、黙るしかなかった。

「これ以上御三家の名前を貶《おとし》めるわけにはいかぬ」

「一門で団結し、将軍家の横暴に対抗すべし」

迫害は団結を生む。

吉宗と当時の尾張徳川家の当主宗春《むねはる》の仲が悪かったのも、一層対立に拍車をかけた。

「改易じゃ。転封じゃ」

そう吉宗が乱暴な手立てにでなかったのも一門を増長させた。

「改革を進めるのに、一門を敵に回すわけにはいかぬ」

家康の息子の筋というのは幕府にとって大きい。吉宗は辛抱した。おかげで改革はあるていど成功し、空だった幕府の金蔵は満たされた。

「よし、ここから本格的に金の力を天下に示す」

吉宗が決意をしたところで、寿命が尽きた。

「たしかに一門が余計な口出しをしてくるのは面倒である」

堀田相模守は吉宗が将軍だったころから老中を務めていた。その思惑もあるていど悟っていた。

なにより徳川の血筋が政にかかわってくるのが、執政にとって邪魔でしかないと身にしみている。将軍親政を目の当たりにしてきた。

「ようやく将軍親政は終わった」

意思の疎通が難しい家重に吉宗のまねはできなかった。天下の政はそれほど甘くはない。

老中たちほど、吉宗の死を喜んだ者はいない。

「出雲守は問題ない」

寵臣は二つに分かれる。一つはひたすら主君の寵愛を求める者、もう一つは主君の寵愛を利用して立身出世したい者である。

大岡出雲守はたしかに前者であった。

「問題は主殿頭だが、あれも敵たり得ぬ。ああも露骨に賄賂を求めるようではの。執政は潔白でなければならぬとは言わぬ。政は醜いものであり、泥をかぶる覚悟がなしには触れぬ。だが、やりすぎはいかぬ。黒すぎる者がよき政をおこなうといったところで、誰も信じてくれぬ」

堀田相模守は田沼意次を好敵手とは見ていなかった。

「ただ邪魔である」

お側御用取次として、あまりにも御用部屋の壁すぎる。

基本、老中は天下のためを思って政をしている。だが、なかにはこうしたほうが、老中にとって、担当の役人にとって便利だというものも紛れこませている。

「これはなりませぬ」

それをしっかりと田沼意次は見抜く。

「うまく潰し合ってくれるとよいのだがな」

小さく揺れる駕籠はあまり乗り心地のよいものではない。刻み足と呼ばれる老中だけに許された小走りの駕籠は、周囲の大名に道を譲らせる。

「死ぬまでに一度は乗ってみたい」

大名の憧れではあるが、実際乗ってみると気分が悪くなる。

「先代上様のご遺命だと申せば、主殿頭も邪魔はせぬ」

会津松平もかつて一門ながら、政を担った。基本として一門は政に触れないが、任じられたときは老中ではなく、大政委任となる。

大政委任は老中よりも上であり、その指図には従わなければならない。

「もう、頭上に重石《おもし》は不要じゃ」

吉宗の代わりは御免だと堀田相模守が呟いた。

「会津藩松平家も右近将監のように臣下へ降りれば助けてやるものを」

松平右近将監も一門衆ではあるが、今回老中という役目を引き受けた。これはもう一門衆ではないと公言したも同じであった。

「名より実を取る。それができぬから会津松平は……」

一門衆という肩書きは、金を浪費させても儲けには繋がらない。たしかに行き所のない息子や娘の婿入り、嫁入りはしやすいが、そのていどである。

一方で老中にはいろいろな利がある。数年勤めれば加増はなくとも、今より状況のいい土地へ転封させてもらえる。

「どうぞ、よしなに」

江戸の大商人が誼《よしみ》を通じてくる。賄賂を受け取りにくくとも、催促されず、利息もないに近い低い条件で金を融通してくれたり、藩の特産品を通常より高い値で買ってくれたりする。

他にも一度老中を勤めたという経歴は、子々孫々まで影響を及ぼす。よほどのことがない限り、次代の当主は奏者番《そうじゃばん》に取り立てられる。奏者番は謁見する大名の紹介、献上品の説明などをする役目で、無事にこなせば寺社奉行から、若年寄、側用人へと出世していく。いうまでもなく、跡継ぎが無能ならば奏者番も辞めさせられ、そのまま消えていくことになるが、馬鹿でもない限りなんとかなる。そして、それはその次以降にも受け継いでいける。

「寵臣と一門、どちらも天下には不要なのだ。会津を煽るか、それとも主殿頭を煽るか。どちらが早い……」

駕籠のなかで堀田相模守が思案した。


左馬介は長屋で夜を過ごすことはない。昼頃に戻り、二刻（約四時間）ほど仮眠をしたり、掃除などの家事をして長屋を出る。

「いきなり襲うわけにはいかぬな。今までの状況から変わりすぎになる」

田沼意次の命を受けた村垣伊勢が、左馬介を落とす方法を考えていた。

「挑発は存分にしてきた」

わざと左馬介の股間にまたがったこともあるし、抱きつく振りをして胸を押し当てたこともある。

「しっかりと反応はしていた」

忍《しのび》というのは、人の心の隙間《すきま》を狙う。そのためには十二分な観察力が要った。村垣伊勢が女を使っていたずらを仕掛けるたびに、左馬介の目が乳や尻、うなじなどへさまよっていた。

他にも呼吸と鼓動が荒くなってもいた。

「冗談めかしすぎたか」

誘っておきながら、いつもそれ以上踏みこませないようにしていた。

「いきなり、股を開いては警戒されるな」

すでに左馬介は権力を巡る争いという闇のなかに身を置いている。かつてのように、その日どうやって職を得るかだけを考えていたころとは違っていた。

「女と金が罠《わな》だと知っている」

なにより左馬介は村垣伊勢が女お庭番だとわかっているのだ。

幕府旗本の娘が、見返りもなしに身体《からだ》を差し出すはずはない。その裏がなにかはわからずとも、左馬介は気づく。

「向こうから襲わせるしかないが……性欲の処理はできているようだ。まったく、分銅屋も細かいところまで手を回す」

用心棒が店の女中に夜這《よば》いをかけるというのはままある。夜這いならまだいい。なかには強姦《ごうかん》する者もいる。

そうなっては店の風紀が保てないし、女を襲うような用心棒は信用できない。

分銅屋仁左衛門は左馬介を吉原へ誘い、馴染《なじ》みの店を作ってやっていた。そこへ顔を出せば、のんびり睦言《むつごと》を楽しむとはいかないが、発散だけはできる。

「どうやれば、襲われる」

村垣伊勢が思案した。

「……襲われるのが嫌ではない」

ふと村垣伊勢が気づいた。

世を忍ぶ仮の姿として柳橋芸者をしている村垣伊勢は、その容姿が衆に優れていることもあって、よく誘われる。

「いくらでもだす」

「一軒かまえる。生活の面倒も見よう」

藩の留守居役、豪商が村垣伊勢に手を出そうとしてくる。

「どうだい、寝てやってもいいんだよ」

当代一と評判の役者がそう言ってきたこともある。

「すいませんねえ。枕は売らないことにしておりまして」

そのすべてをにこやかに断ってきた。だが、そのほほえみの裏では虫酸《むしず》が走っていた。

「………………」

村垣伊勢が沈思した。

「使えるか。嫌でなければ、装う意味はない。素でいい」

己の想いも村垣伊勢は利用する気になった。

「となれば、場を準備せねばなるまい。いや、場だけでなく、役者もな」

村垣伊勢が目をすがめた。

「ときどき諫山の長屋を掃除に来ている分銅屋の女中、喜代と言ったな。あやつは確実に諫山を好んでおる。あやつを焚《た》きつけ、そこに吾が割りこむ形にすれば……女二人に挟まれれば、諫山もまともに思考できまい。その隙を突く。ふふふ、おもしろくできそうだ」

楽しそうに村垣伊勢が笑った。

〈つづく〉

時代小説文庫
う 9-12

日雇《ひやと》い浪人生活録《ろうにんせいかつろく》⑫ 金《かね》の穽《おとしあな》

著者 上《うえ》田《だ》秀《ひで》人《と》

2021年11月18日第一刷発行

発行者 角川春樹

発行所 株式会社 角川春樹事務所
〒102-0074 東京都千代田区九段南2-1-30 イタリア文化会館

電話 03(3263)5247[編集] 03(3263)5881[営業]

印刷・製本 中央精版印刷株式会社

フォーマット・デザイン＆シンボルマーク 芦澤泰偉

ISBN978-4-7584-4442-2 C0193

http://www.kadokawaharuki.co.jp/[営業]
fanmail@kadokawaharuki.co.jp[編集] ご意見・ご感想をお寄せください。